Corinna Gottsmann

# Lilith auf Umwegen

Roman

Copyright: © 2020 Corinna Gottsmann –
geschichten-basar.de
Umschlag, Illustration: Sina Holste – sinaholste.de

Verlag & Druck:
tredition GmbH
Halenreie 40-44
22359 Hamburg

Paperback      978-3-347-02895-1
Hardcover      978-3-347-02896-8
e-Book          978-3-347-02897-5

Bibliografische Information der Deutschen Nationalbibliothek: Die Deutsche Nationalbibliothek
verzeichnet diese Publikation in der Deutschen
Nationalbibliografie; detaillierte bibliografische
Daten sind im Internet über http://dnb.d-nb.de ab-
rufbar.

Für
all diejenigen, die sich ein
klein wenig mehr Romantik
in ihrem Leben wünschen.

# Inhaltsverzeichnis

Kapitel 1 –   Fakten ..............................................7

Kapitel 2 -   (Fast) Ganz allein .......................18

Kapitel 3 –   Entvolkerung............................33

Kapitel 4 –   Krönchen richten .......................44

Kapitel 5 –   Job-Sabbatical .........................59

Kapitel 6 –   Biohof Weiden ...........................69

Kapitel 7 –   Markttag....................................89

Kapitel 8 –   Der Tag danach ......................98

Kapitel 9 –   Speed-Dating............................108

Kapitel 10 –  Hanging around ......................127

Kapitel 11 –  Keinen Bock mehr auf
              Dates! ........................................136

Kapitel 12 –  Wer hat hier etwas von
              *Keinen Bock mehr* gesagt? ......158

Kapitel 13 –  Ding, ding, ding, ding,
              ding! Achtung, hier kommt
              Wolke 7!....................................171

Kapitel 14 –  Wenn du es eilig hast, gehe
              langsam .....................................186

Kapitel 15 – Es ist Zeit ....................................214

Kapitel 16 – Manchmal muss frau es
einfach wagen! ..........................227

Kapitel 17 – Epilog, da war doch noch
was! .............................................240

# Kapitel 1 – Fakten

»Entschuldige bitte, was hast du gesagt?«

Ich lehne mich entspannt in meinem Stuhl zurück, um einen Schluck Rotwein zu genießen. Er passt hervorragend zu dem von Volker für unser Abendessen zubereiteten Steak; noch ganz leicht blutig, so, wie ich es mag. *Mhhh!* Schnell angle ich mir noch einen Happs.

Anschließend schaue ich Volker, meinen Partner, meinen Seelengefährten, über den Tisch hinweg und um einen interessierten Blick bemüht fragend an. Er hat so schöne, warme Augen! Die gerade ein wenig ungehalten zu mir zurückblinzeln. Meine Gedanken allerdings schweifen immer wieder ab. Und zwar zu einer meiner Klientinnen: Frau Schmidt.

Vorab: Alle meine Klientinnen heißen so und die Klienten Herr Schmidt. Natürlich nicht in Wirklichkeit. Aber hin und wieder MUSS ich Volker einfach von den Gesprächen erzählen. Es kommt auch nur ganz selten vor. Und dann bekommen sie alle ein und denselben Namen. Schließlich geht mir der Schutz meiner Klienten über alles!

7

Jedenfalls, diese eine Frau Schmidt war heute wieder da. Wie jeden Mittwoch pünktlich um 16.00 Uhr betritt sie den Raum und setzt sich mir gegenüber in den Sessel. Sie stellt die Handtasche links zu ihren Füßen, richtet sich auf, streicht ihre Hosenbeine glatt, klemmt eine Strähne ihrer schulterlangen, eisgrauen Haare hinter ein Ohr und beginnt: Er, also ihr Mann, habe dieses oder jenes getan, darauf habe sie Folgendes gesagt, worauf er ... Und so weiter und so fort.

Seit zwei Jahren kommt Frau Schmidt zu mir in Behandlung und erzählt immer und immer und immer wieder das Gleiche!

Ich weiß, bei vielen Paaren ist dieser spezielle Umgang der Kitt, der ihre Beziehung zusammenhält. In Ordnung! Ist mir recht, jedem seine Überlebensstrategie. Aber warum kommt sie dann zu mir, wenn sie sowieso nichts ändern möchte?

Immer und immer und immer wieder gehe ich mit ihr die Möglichkeiten durch, wie sie das Muster durchbrechen könnte. Natürlich *erarbeite* ich diese Möglichkeiten mit ihr. Eine gute Therapeutin gibt ja nichts vor. Eine gute Therapeutin lockt das, was in ihren Klienten ist, heraus, führt sie, hilft ihnen, selber ihren Weg zu finden.

Aber! Obwohl wir bereits so viele Möglichkeiten zur Veränderung in den letzten zwei Jahre erarbeitet haben: nichts, aber auch rein gar nichts ändert sich!

Ich habe mich schon gefragt, warum sie nicht einfach das Gespräch mit ihren Freundinnen sucht. Das ist doch bestimmt günstiger, denn zu mir kommt ausschließlich Privatklientel.

Erst bekam ich zu Beginn meines Therapeutinnendaseins keine Kassenzulassung. Es gab schlicht keine mehr. Als dann eine frei wurde, habe ich mich dagegen entschieden, denn mittlerweile ist der Dokumentationsaufwand, der auch ohne die unendlich vielen Vorgaben durch die Krankenkasse unüberwindbar erscheint, ins Unermessliche geschossen. Nein, darauf habe ich keine Lust. Und zum Glück habe ich auch so genügend zahlende Klientel.

Also, zurück zu Frau Schmidt. Sie könnte mit ihren Freundinnen sprechen. Aber ich hege den Verdacht, dass diese es satthaben, sich immer wieder die alte Leier anzuhören.

*Ups, das war jetzt böse, Lilith.* Ich grinse versonnen in mein Glas hinein. Der Rotwein hat eine besonders schöne tiefrote Farbe. Ich lecke mir über die Lippen.

Na ja, auf alle Fälle hat sie niemanden, mit dem sie reden kann. Und ihr Mann hat genügend Geld, deswegen kommt sie zu mir. Einfach nur, um jemanden zu haben, dem sie ihr Leid klagen kann.

Ich bin besonders langmütig, dafür bin ich bekannt. Ein großer Pluspunkt, wenn man Psychotherapeutin ist. Aber hier spüre ich, dass ich an meine Grenzen komme.

Vielleicht bin ich aber auch einfach nur überarbeitet? Vielleicht brauche ich eine Pause? Ein Sabbatical, ein Sabbatjahr! Das macht doch gerade jeder. Sich selber finden, sich neu sortieren. Insbesondere wir Psychotherapeuten sollten uns ab und an eine Auszeit gönnen. Damit wir wieder mit vollem Einsatz unsere Klienten unterstützen können!

Ich werde das mit Volker besprechen. Er wird das auch gut finden. Er beklagt sich ja sowieso ständig, dass ich zu wenig Zeit für das UNS habe. Wenn ich es recht bedenke, ist er in den letzten Wochen sehr ruhig gewesen, hat sich zurückgezogen. Und er hat auch gar nicht mehr über das Thema Kinder mit mir gestritten. Aber das soll sich jetzt ändern! Eine Auszeit ist genau das Richtige! In dieser können wir alles klären. Toll, großartig! Ich spüre, wie sich augenblicklich meine Stimmung hebt.

Ich blicke Volker immer noch an. Er starrt zurück. Ach ja, genau, wo waren wir?

Ich richte mich auf, verwandle meinen bemüht interessierten Blick in einen echten und wiederhole: »Entschuldige, ich habe dich nicht richtig verstanden. Und was ist los? Du hast ja kaum etwas gegessen.«

Sofort schaltet meine Stimme in den Therapeutenmodus. Verflixt, ich weiß, dass Volker das nicht leiden kann. Ich räuspere mich und sage im Partnerinnenton: »Geht es dir nicht gut?«

Volker schaut mich aus seinen warmen, braunen Augen unglücklich an. Oh Gott, sein *Hundewelpen-ich-hab-was-Schlimmes-verbrochen-Blick.* Das ist nicht gut. Nein, das ist gar nicht gut! Wie damals, als er vergessen hatte, mir RECHTZEITIG zu sagen, dass es doch keine Motto-Party bei seinem Arbeitgeber geben würde, sondern nur eine ganz normale ...

Ok, ich bin gewappnet. Wir bekommen das schon hin. Wir haben bisher alles hinbekommen. *Lilith, schön ein- und ausatmen!* Ich setze mein professionelles Verständnisgesicht auf und bin bereit.

»Lilith«, druckst Volker herum. »Lilith!«

Oh, nein, zweimal *Lilith*, hintereinander. Nicht *Schatz* oder *Hase*. Nein, zweimal *Lilith*. Das ist nicht gut, das ist gar nicht gut. Aber ich lächle ihn weiterhin an. Er soll sich wohlfühlen.

Und das scheint er zu tun. »Ich weiß, dass das jetzt hart ist. Aber du musst mich auch verstehen. Es fällt mir wirklich schwer, dir das zu sagen.«

Verstehen? Schwerfallen? Ich nicke voller Überzeugung weiter und halte meinen teilnahmsvollen Therapeuten-Blick. Innerlich denke ich: *Komm endlich zum Punkt. Schlimmer als das mit der* Nicht- Motto-Party *kann es ja nicht sein.*

»Lilith«, sagt Volker, jetzt mit fester Stimme. Er wird sicherer. »Ich habe Eva bei einem Seminar kennengelernt. Und erst war da auch gar nichts. Wirklich! Rein gar nichts!«

Ich spüre, wie mir das Nicken schwerer fällt und mein teilnahmsvoller Therapeuten-Blick langsam verblasst. Aber ich bleibe tapfer. Volker bekommt von all dem nichts mit. Er fühlt sich sicher.

»Wir haben abends nach dem Seminar geredet. Einfach nur geredet. Es waren tolle Gespräche. So locker und leicht. Und dann, ... dann.«

Er kann mir kaum in die Augen sehen. »Dann haben wir uns auch noch nach dem Seminar, also, da haben wir uns weiter getroffen und geredet. Und, na ja, ...«, er seufzt und nimmt ein letztes Mal Anlauf. »Und jetzt ist sie schwanger, die Eva. Und du weißt, wie sehr ich mir immer Kinder gewünscht habe. Du wolltest ja keine oder hattest keine Zeit.« Endlich sieht er mich an, wenn auch etwas trotzig. Der *Hundewelpen-ich-hab-was-Schlimmes-verbrochen-Blick* ist dem *Ich-hab-zwar-was-Doofes-gemacht-aber-eigentlich-bist-du-daran-schuld-Blick* gewichen.

*So schnell kann sich das Blatt wenden*, denke ich noch und nicke weiter. Mein nickender Kopf könnte problemlos einen Wackeldackel auf der Hutablage eines alten Mercedes´ ersetzen.

*Moment, ich muss mich sammeln! Ich MUSS die Fakten in meinem Kopf sortieren!* Denn das kann ich: Fakten benennen, in die richtige Reihenfolge bringen und so zu einer Lösung kommen.

Da gibt es also diese Eva, und diese Eva hat er auf einem Seminar kennengelernt. War das etwa das Kommunikationsseminar vor einem halben Jahr? Das, was ihm sein Arbeitgeber aufgedrängt hatte? War das etwa das Seminar, von dem er auf meine Frage, wie es denn gewesen war, meinte: »Na ja, ging so.«?

Mit der Kommunikation scheint es ja zwischen ihm und Eva bestens funktioniert zu haben. Tolle Gespräche! Pah! Und von den Gesprächen ist sie dann schwanger geworden, oder wie? *Nein, Lilith, Blödsinn!* Fakten, ich benötige dringend mehr Fakten!

Und da sind sie auch schon: Wie aus weiter Ferne dringt Volkers Stimme zu mir. »Und wir wollen jetzt zusammenziehen. Jetzt, wo das Baby kommt. Es wird übrigens ein Mädchen.«

Dabei leuchten seine Augen ganz selig. Zusammenziehen? Baby? Mädchen? War das alles? Waren das jetzt alle Fakten? *Ja, Lilith, das sind jetzt alle Fakten. Und um die Lösung musst du dich nicht mehr kümmern. Die hat Volker bereits erarbeitet.*

*Aber wo bleibe ich dabei?*, kann ich noch denken, bevor Volker sich aufatmend zurücklehnt und sagt: »Endlich!« Ein Buddha-Lächeln zieht sich über sein Gesicht. »Es hat so gutgetan, dir das alles zu sagen. Und toll, wie ruhig du reagierst. Ich habe Eva gleich gesagt, dass du kein Theater machen wirst. Du bist halt ganz der Psycho-Profi!«

Ich merke, wie ich weiterhin mit dem Kopf nicke. *Verflucht, Lilith, hör auf damit. Reiß dich zusammen!* Ich kann aber nicht anders. Das Zimmer um mich herum verschwindet langsam. Volkers Grinsen, das ich ihm so gerne mit dem Steakmesser aus dem Gesicht kratzen würde, verschwimmt. Mein letzter Halt, denke ich noch, meine ach so geliebten Fakten: Volker wird mit Eva zusammenziehen. Sie werden dieses Mädchen-Baby in die Welt setzen, es gemeinsam großziehen und glücklich zusammen alt werden. Sie werden gemeinsam reisen, lachen, sich streiten, wieder versöhnen, gemeinsam aufwachen, und vieles, vieles mehr werden sie gemeinsam tun. Vieles mehr, was ich bis dato immer mit Volker getan habe. WIR waren »gemeinsam«! Und, wie ich finde, ein sehr gutes »Gemeinsam«!

Ich schlucke. Der Kloß in meinem Hals wächst, die Luft brennt sich ihren Weg durch die Luftröhre in die Lungenflügel bis in das kleinste Bläschen hinein, meine Augen füllen sich mit Tränen. Ich möchte wissen, seit wann er das alles geplant hat, seit wann ihm klar ist, dass er sich von mir trennt, um mit dieser Eva zusammenzuziehen. Ich will wissen, seit wann er weiß, dass sie schwanger ist. Ich möchte ihn fragen, ob wir das nicht irgendwie wieder hinbekommen können! Irgendwie! Wir sind immerhin seit über zehn Jahren zusammen, haben jede Hürde gemeistert. Wir sind doch ein Team! Und mein Herz schreit nach der Frage, ob er mich denn gar nicht mehr liebt?

*Nein*, antworte ich meinem Herzen ruhig, *er liebt uns nicht mehr.* Seine Liebe ist jetzt bei dieser Frau und dem ungeborenen Zwerg. Seine Liebe ist jetzt bei dem neuen »Gemeinsam«.

Ich bekomme mit, wie ich ihm antworte: »Ja, hm, natürlich, klar.« Dann schiebt sich ein Schleier vor meine Augen, und ich sehe nur noch, wie Volker ganz beschwingt den Tisch abräumt. »Danke, Lilith! Das ist wirklich so großartig von dir. Ich schlafe dann wohl besser auf dem Sofa«, höre ich ihn sagen.

\*\*\*

Ich weiß nicht, wie ich es geschafft habe. Aber plöztlich bin ich im Schlafzimmer, habe meinen Pyjama an und sitze mit ausgestreckten Beinen auf dem Bett. Mein Kissen stützt meinen Rücken. *Wenigstens* eine *Stütze*, denke ich und greife nach dem Glas Rotwein, das mit mir zusammen den Weg ins Schlafzimmer gefunden hat. *Noch eine Stütze.* Ich nehme einen großen Schluck der Verzweiflung. Ganz alleine sitze ich in diesem monströsen Bett, auf das ER bestanden hat. Volkers Seite ist leer. Leer und kalt.

Ich starre vor mich hin. Mein Herz und ich können es nicht fassen. Alles tut weh. Selbst die

Haarspitzen. Mein Körper steht in Flammen, und mir ist gleichzeitig eiskalt. Meine Welt stirbt.

## Kapitel 2 - (Fast) Ganz allein

Meine Welt ist immer noch tot. Sie ist verdorrt, verwüstet, erkaltet. Hier und da züngeln sich noch ein paar Flammen des Weges entlang, dort, wo das Eis bisher noch nicht alles empfindungslos zurückgelassen hat.

Volker ist vor zwei Tagen ausgezogen. Mit Sack und Pack, leichtem Gepäck und schnellem Schritt. Es fehlte nur noch ein Lied auf seinen Lippen. So ganz beschwingt kam er mir vor. Nicht so wiegend und bedächtig wie sonst. Beinahe, als ob er in ein neues Leben starten würde. Ach ja, richtig, tut er ja auch.

Ich vergaß zu erwähnen, dass er mir auch gleich mitteilte, er werde am nächsten Tag ausziehen. Alles wäre vorbereitet. Eva hätte bereits dieses, er hätte längst jenes, und GEMEINSAM würden sie ...! Völlig aus dem Häuschen war er. Es hätte nur noch gefehlt, dass er vor lauter Aufregung in die Hände klatscht.

Und natürlich hat ihn mein verständiges Dackel-Nicken noch so richtig motiviert. Ich blöde Kuh, oder besser: Ich armer, alter, verlassener Wackeldackel! Kurz zuckt der Begriff »Alte Jungfer« durch meinen Kopf und kichert diabolisch.

Hat der Kerl verbale Diarrhö? So viel hat er in den gesamten zehn Jahren davor nicht geredet! Als ob ein Damm gebrochen ist, erzählt er mir jede noch so winzige Kleinigkeit: Wo sie wohnen werden, was sie schon alles für die kleine Lena (so soll der sehnlichst erwartete Erdenbewohner nämlich heißen) besorgt haben. Einen Schwangerschaftskurs haben sie auch schon herausgesucht. Volker überlegt, ob er Elternzeit nehmen soll. Und überhaupt, wie aufregend das alles sei!

Eine Frage bitte: Welche gerade frisch verlassene 38-jährige Frau will so etwas eigentlich wissen? Und dann noch direkt von ihrem Ex-Partner, eiskalt serviert. Klar, als die Frau an seiner Seite nimmt er mich schon gar nicht mehr wahr. In diesem Moment bin ich seine Therapeutin, bei der er die ganzen aufgestauten Gefühle abladen kann. Seine Seelenklempnerin! Ich sollte ihm eine Rechnung schreiben! Ach nein. Besser nicht.

Zum Glück hat der Schock dafür gesorgt, dass ich das meiste von seinem Gerede gar nicht verstanden habe. Und der Rest schlummert noch heilsam und verschollen in meinem Unterbewusstsein. Hoffentlich verkümmert er da und verlöscht im Nichts.

Jetzt liegen mein gebrochenes Herz, meine tote Welt und ich auf dem Sofa. Gemeinsam ist man weniger allein. Haha! WIR drei hüllen uns in einen übergroßen, flauschigen Pulli und eine bequeme Jogginghose. WIR haben uns in eine kuschelige Decke gewickelt. WIR ... *Lilith! Hör auf mit dem WIR!* Wir ... ach egal. ICH nehme mir die Rolle Klopapier, die vor mir auf dem Tisch liegt, reiße zwei Blätter ab und schnäuze kräftig hinein.

So wie meine Mutter und ich früher, wenn wir schluchzend vor dem Fernseher saßen und *Ein Engel auf Erden* mit Michael Landon und Victor French geschaut haben. Das ging auch nur mit einer Rolle Klopapier. Taschentücher reichten da einfach nicht mehr aus.

Meine roten, verquollenen Augen starren in den Fernseher, in dem irgendeine Schnulze läuft. *Na prima, wo ist der gute dänische Thriller mit Blut, Gedärmen und verwesenden Leichen, wenn man ihn braucht?*

Ich kann es nicht fassen. Es ist tatsächlich erst drei Tage her, dass Volker mit mir Schluss gemacht hat und gleich am nächsten Tag ausgezogen ist.

Ich weiß nicht mehr, wie ich es noch an dem Abend geschafft habe, Esra anzurufen. Ich habe ihr irgend so etwas Unverständliches wie »Volker«, »10 Jahre«, »Eva-Schlampe«, »Zwergin« und »neues Gemeinsam« in den Hörer geheult. Sie hat sofort alles richtig kombiniert und ist zu mir gekommen.

Während Volker auf dem Wohnzimmersofa von seiner strahlenden Zukunft mit Eva und Lena träumte, habe ich Esra im Schlafzimmer unter Tränen und Schluckauf berichtet, was er mir nur wenige Momente zuvor gestanden hatte.

Sie hat gar nichts gesagt. Was hätte sie auch sagen sollen? Sie hat mich einfach tröstend in ihre Arme genommen und mir zwischendurch über mein Haar gestrichen. So sind wir schließlich eingeschlafen.


Am nächsten Morgen hat Esra ihre Worte wiedergefunden. Sie hat Volker keines Blickes gewürdigt. Und darüber kann er mehr als froh sein, denn ein Blick aus ihren nachtschwarzen Augen kann tödlich sein. Esra ist Abteilungsleiterin in einem Buchverlag. Ich stelle mir immer vor, wie sie in schwierigen Verhandlungen *ihren* Blick aufsetzt, und sofort geht der Verhandlungspartner in die Knie.

Nur einer hat diesem Blick etwas entgegenzusetzen, und das ist Martin, ihr Mann. Vor sechs Jahren haben sich die beiden kennengelernt. In seiner Funktion als Agent für Autoren mussten er und Esra einen Vertrag für einen seiner Schützlinge aushandeln. In einem Punkt konnten sie sich nicht einigen. Esra setzte siegessicher ihren *Nachtschwarze-Augen-Blick* ein, um die Angelegenheit zu ihren Gunsten zu regeln. Nur hatte sie nicht mit dem *Warme-graue-Augen-Blick* und dem jugendlich verschmitzten Lächeln von Martin gerechnet. Letztlich brachte er ihren Blick zum Schmelzen. Sie handelten einen Kompromiss (dieses Wort kommt unter normalen Umständen in Esras Wortschatz nicht vor) aus, und anschließend lud Martin sie zum Essen ein.

Ich möchte betonen, dass Esra weit davon entfernt ist, der romantische Typ zu sein. Im Gegenteil, wenn wir einen Liebesfilm zusammen anschauen, zerreißt sie diesen mit ihren bissigen Kommentaren in die kleinsten Filmfetzen und bekommt Lachanfälle an den tränenreichsten Stellen.

Einmal mussten wir inmitten einer Kinovorstellung aus dem Saal fliehen, da Esra bei der ergreifendsten Szene aus vollem Herzen losbrüllte. Und während alle anderen weiblichen Besucher, ich inklusive, vor Herzschmerz vergingen, zog sie lachend über die - ihrer Meinung nach – unrealistische Vorstellung der Schauspieler her. Seitdem meiden wir solche Filme. Nein, Esra hat wirklich keine romantische Ader. Nur, wenn sie erzählt, wie Martin und sie sich kennengelernt haben, leuchtet in ihren Augen die Wärme auf, die sich hinter ihrer kühlen, professionellen Art verbirgt.

Sie und Martin sind jetzt seit vier Jahren verheiratet und haben einen Sohn, Lukas, der ganze Stolz der beiden. Das Leben der drei ist perfekt geregelt, mit einer Tagesmutter, Esras Eltern und den Freiheiten, die sich Martin und sie in ihren Jobs nehmen können. Alles läuft wie geschmiert. Wenn Esra etwas plant, gelingt es zu 99,9%.

So auch am Tag von Volkers Auszug. Sie half mir beim Anziehen, da ich ansonsten die Hose über den Kopf gezogen hätte. Bei meinem Vorschlag, Volker doch etwas bei seinen Sachen zu unterstützen, kassierte ich DEN Blick.

»Lilith«, sagte sie nur, »wir gehen jetzt richtig schön frühstücken.« Und an Volker gewandt ergänzte sie mit aller Verachtung, die ihr möglich ist: »Und wenn wir wiederkommen, bist du hier verschwunden!« Sie schaute demonstrativ auf ihre Uhr. »Wir sind etwa drei Stunden weg. Deine Zeit läuft. Ab jetzt!«

Und weg waren wir. Ich meine noch gesehen zu haben, dass Volker bei Esras Worten kurz die Hacken zusammengeschlagen hat.

Wir fuhren in das teuerste Hotel der Stadt, um dort zu frühstücken. Leider war ich nicht besonders hungrig und stocherte nur in dem hervorragenden Rührei herum. Esra bestellte mir mit den Worten: »Der beruhigt die Nerven!« drei bis fünf Gläser Prosecco. So genau weiß ich das nicht mehr.

Anschließend fuhren wir wieder nach Hause. Es waren etwas mehr als drei Stunden vergangen. Aber als wir um die Ecke bogen, sah ich sie: Volker und Eva! Arm in Arm schlenderten sie von der Haustür zu dem beladenen Transporter auf dem Bürgersteig. Eva, sein neues Gemeinsam. Und deutlich kleiner als er. Höchstens 1 Meter 65. *Beinahe niedlich*, denke ich und ziehe meine Nase kraus. Ich bin genauso groß wie Volker, 1 Meter 79. Deswegen trage ich immer flache Schuhe, wenn wir zusammen ausgehen. *Habe getragen, Lilith, habe!* Ich schluchze auf bei dem Gedanken, dass ich ab jetzt auch wieder in Schuhe mit Absatz schlüpfen kann. Esra stößt mich in die Rippen und hält sich den Zeigefinger vor den Mund. Ich zucke müde mit den Schultern, reiße mich aber zusammen.

Wir beobachten die beiden aus sicherer Entfernung von einem Rosenbusch meiner Nachbarn aus. Volker und Eva erreichen den Transporter, drehen ihre Köpfe zueinander und lächeln sich innig an. Immer, wenn er in meine Augen gesehen hat, waren seine Worte: »Lilith, ich liebe deine seeteichgrünen Augen!« Seeteichgrün. Ich fand mich einzigartig!

Jetzt fährt er durch Evas kinnlanges, glattes, engelsblondes Haar. Bei mir sind es rote, widerspenstige Locken, durch die er immer voller Zärtlichkeit gestrichen hat. Auch diese Umgewöhnung hat mein Ex-Volker bereits gemeistert. Ich reiße mich zusammen und atme tief ein, wie ich es auch meinen Klienten in Stresssituationen rate.

Ich schaffe es noch, ruhig weiter zu atmen, als er ihr einen innigen Kuss auf den Mund gibt. Aber als er dann seine Hand auf ihren leicht gewölbten Bauch schmiegt und sich ein dämliches Grinsen auf seinem Gesicht ausbreitet, verwandelt sich meine gleichmäßige Atmung in eine Schnappatmung. Esra reagiert blitzschnell. Sie legt ihre Hand auf meinen Bauch, und gemeinsam finden wir einen Atemrhythmus. Nach einer kurzen Weile nicke ich ihr zu. Es geht wieder, und wir wenden uns erneut dem Rosamunde-Pilcher-Augenblick zu.

Jetzt öffnet mein Ex seiner Eva die Beifahrertür. Er selber tänzelt – ja, Volker tänzelt, wobei er ungefähr so grazil tanzen kann wie eine Giraffe – zu der Fahrertür. Eva hat sich schon hinübergebeugt und ihm die Tür geöffnet. Er steigt ein, startet den Wagen, und weg sind sie.

Erst da merke ich, dass Esra mich in ihrem Arm hält. Einerseits als Stütze und andererseits (vor allem andererseits!), damit ich nicht losstürmen, mich vor Volker auf den Boden werfen und ihn bitten kann, bei mir zu bleiben.

Esra kennt mich einfach zu gut. Und das jetzt seit 17 Jahren. Wir haben uns bei einer Unifete kennengelernt. Die Umstände waren den jetzigen beängstigend ähnlich. Ich war gerade von meiner langjährigen Liebe wegen einer anderen verlassen worden: *Sie braucht mich, du bist doch so stark, sie so schwach, blablablapfffhhhh.* Ich sitze also auf der Treppe des Unigebäudes im Fachbereich für Psychologie und schluchze steinerweichend. Esra setzt sich neben mich und hört sich die nächste Stunde meine Jammertalgeschichte an.

Am Ende frage ich sie: »Meinst du, ich soll es noch einmal versuchen?« Da lerne ich zum ersten Mal DEN Blick kennen - und fürchten. Sie fragt: »Hast du denn gar keinen Funken Selbstachtung im Leib?«

Ich stammele etwas zu meiner Entschuldigung vor mich hin. »Lilith«, erklärt sie mir, »wenn ein Mann gehen will, lass ihn ziehen. Richte deinen Blick nach vorne, nicht zurück. Wozu verschwendest du deine Energie an einen Typen, der schon längst bei einer anderen ist?« Sie runzelt ihre Stirn. »Was studierst du eigentlich?«

»Psychologie«, antworte ich verlegen, »erstes Semester.«

Esra schaut mich mitleidig an und sagt: »Wie zu befürchten war. Dann will ich mal hoffen, dass das was bringt. Ansonsten hilft vielleicht jetzt erst einmal das«, worauf sie mir ein Glas Prosecco in die Hand drückt. Wir stoßen an.

Es gibt an diesem Abend noch sehr viele Gelegenheiten, bei denen wir anstoßen. Am nächsten Tag habe ich einen fürchterlich dicken Schädel – und eine allerbeste Freundin! Seitdem sind wir unzertrennlich. Während ich mein Psychologiestudium zu Ende bringe und mir meine Selbstständigkeit aufbaue, legt sie erfolgreich ihre Prüfungen in Betriebswirtschaftslehre, Vergleichende Literaturwissenschaft und Wirtschaftspsychologie ab.

Esra liebt Bücher! Schon als kleines Mädchen verlor sie sich in den Geschichten ihrer Bücher.

Und in einem schwachen Moment – es war so ein »Prosecco-Augenblick« - erzählte sie mir, dass sie am liebsten selber Schriftstellerin geworden wäre. Leider musste sie schon früh erkennen, dass es ihr dazu absolut an jeglichem Talent mangelt. Wenn sie sich in der Schule eine Geschichte ausdenken sollte, trug Klein-Esra die Fakten zusammen. Die Geschichte hatte einen Anfang, einen Mittelteil und ein logisches Ende. Das, was ihren Erzählungen fehlte, waren die Gefühle, die Bilder, das Lebendige.

Wie es Esras Art ist, hält sie sich nicht lange mit Selbstmitleid auf. Sie erkundigt sich, was frau braucht, um in der Bücherwelt außerhalb des Schreibens erfolgreich zu sein. Und das ist sie jetzt. Sie liebt, was sie tut! Und der Erfolg gibt ihr recht. Sie ist eine Jägerin, die Jagd auf Bestseller macht.

Meine Gedanken schweifen wieder zu Volker. *Volker …!?! Ach ja, Volker!* Wieder schießen mir Tränen in die Augen. Ich kuschele mich tiefer in die Decke hinein und nehme noch zwei Blätter Toilettenpapier. Ich hätte nie gedacht, dass sich so viel Tränenflüssigkeit in mir befindet.

Nachdem Volker und Eva weggefahren sind, bringt mich Esra wieder in die Wohnung. Es fehlt nicht viel, nur seine Kleidung, ein paar Bücher und seine Arbeitsordner. Mehr wollte er wohl nicht mitnehmen. Es konnte ihm einfach nicht schnell genug gehen.

Esra setzte mich auf das Sofa, stellte eine Tasse Tee vor mich hin und rief meine Mutter an. Sie erklärte ihr die Situation in wenigen Sätzen. Ich hatte jegliches Zeitgefühl verloren, aber ich glaube, meine Mutter ist zu mir geflogen, so fix wie sie da war. Esra musste dann los, die Arbeit rief.

Ich habe die beiden noch tuscheln hören. Anschließend hat Esra mich kurz umarmt und mir gesagt, dass alles wieder gut werden würde, denn *Wer bitte braucht einen Mann wie Volker*? Dann war sie auch schon weg.

Meine Mama hat mir eine warme Tasse Milch mit Honig gebracht, sich neben mich auf das Sofa gesetzt und mich in ihren mütterlichen Armen gehalten. Genauso hat sie es schon immer gemacht, wenn ich als kleines Mädchen böse geträumt habe, hingefallen war oder sonst irgendetwas drohte, mich aus der Lebensbahn zu werfen.

So saßen wir eine Weile. Schließlich fragte sie mich, was ich denn jetzt machen wolle? Meine

Antwort war sehr theatralisch: »Eine Höhle bauen, mich verkriechen und nie wieder rauskommen.«

»Ach Kind«, hat sie geseufzt und mich noch ein bisschen enger an sich gedrückt. Meine Mutter kennt das schon von mir. Ich bin immer ein wenig zu viel. Wobei ich spüre, dass sie die Sache mit Volker auch erschüttert. Ich weiß, dass Volker für meine Eltern nicht der Lieblingsschwiegersohn war. Aber sie haben ihn akzeptiert. Meine Mutter pflegte immer zu sagen: »Wenn er dich glücklich macht, Lilith.«

Am späten Nachmittag kam dann auch noch mein Vater. Er streichelte etwas linkisch über meinen Kopf und sagte: »Volker ist ein Schwachkopf! War er schon immer! Außerdem war er handwerklich total unbegabt, hatte zwei linke Hände. So ein Sesselpupser vom Amt!«

Meine Mutter und ich sind sprachlos. So viele Wörter reiht mein Vater sonst nicht hintereinander.

Vorsichtig versuchte ich anzumerken, dass Volker nicht bei einem Amt, sondern bei einer Versicherung arbeitet.

»Das sind doch alles die gleichen Verbrecher!«, wischte mein Vater den Einwand beiseite.

Voller Liebe und Dankbarkeit sah ich ihn an. Ich kann jetzt gerade alles Schlechte gebrauchen, was sich über Volker zusammenfassen lässt.

Der Nachmittag ging in den Abend über. Meine Mutter bereitet mir aus einigen wenigen Vorräten eine Suppe zu und saust nun mit einem Wischlappen bewaffnet durch die Wohnung. Mein Vater sitzt die ganze Zeit neben mir, wir halten Händchen und sehen uns alle Sendungen an, die das Fernsehprogramm so hergibt.

»Lilith«, sagt meine Mutter irgendwann sanft. Ich schaue auf die Digitalanzeige beim Fernseher. Es ist 19.00 Uhr. Ich ahne, was jetzt kommt und lächle tapfer aus meinem verheulten und verquollenen Gesicht heraus. »Lilith«, wiederholt sie. »Wir fahren jetzt. Schaffst du das?«

»Klar«, flüstere ich und nicke zur Bekräftigung. »Fahrt nur, ich bekomme das schon hin. Und danke.« Ich schniefe.

Mein Vater sieht vollkommen hilflos aus. Seine geliebte Tochter so zu sehen, bricht ihm das Herz. »Soll ich hierbleiben?«, fragt er. »Oder willst du mit zu uns kommen?«

Ich schüttle den Kopf. »Nein«, sage ich, um eine gefasste Stimme bemüht. »Fahrt nur! Ich schaffe das schon!«

Meine Eltern nehmen mich ganz fest in ihre Arme. Dann sind sie weg. Seitdem sitzen wir hier auf dem Sofa: mein geprügeltes Herz, mein weiter Pullover und mein verlassenes Ich.

# Kapitel 3 – Entvolkerung

Ich habe die Nacht einigermaßen gut überstanden. Na ja, ich hatte ja auch Unterstützung von einer Flasche Rotwein. Ich stelle fest, dass der Kater am nächsten Morgen gar nicht so schlimm ist, wenn frau einfach weitertrinkt. Um mich zu waschen oder mir die Zähne zu putzen, fehlt mir jeglicher Wille. Stattdessen gebe ich mich meiner Trauer hin, und zwar vollends.

Ich tigere durch die Wohnung und suche nach Erinnerungen, die die vergangenen zehn Jahre mit Volker heraufbeschwören. Dabei trage ich eine Jogginghose und ein weites Shirt von Volker, das ich im Wäschekorb gefunden habe. Es riecht noch nach ihm, wenn auch etwas streng.

In der einen Hand halte ich ein Bild von uns beiden. Thailand, Sonne, Strand, Liebe, herrlich exotisches Essen und sahnig-fruchtige Cocktails. Ich schluchze auf und nehme eilig einen Schluck aus dem Glas Rotwein, das mit der anderen Hand verwachsen zu sein scheint.

Ich weiß nicht, was für ein Tag es ist. Nur durch einen Schleier nehme ich wahr, dass Esra und meine Mutter vorbeikommen, den Terminkalender durchstöbern und anschließend alle Termine mit meinen Klienten absagen.

Ich glaube, sie sagen so etwas wie *besonders schlimme Erkältung*. Ich lächle selig dankbar vor mich hin und proste den beiden zu.

Schließlich wendet sich Esra mir zu. Ich ahne Schlimmes, grinse aber, hebe mein Glas erneut und säusele: »Du bist die Beste! Eine bessere und tollere Freundin als dich findet man nirgendwo sonst auf dieser Erde!« Bei dem Wort »nirgendwo« habe ich einige Anlaufschwierigkeiten, bekomme es dann aber doch noch zu meiner Zufriedenheit herraus.

Esra baut sich vor mir auf, und obwohl sie einen ganzen Kopf kleiner ist als ich, habe ich das Gefühl, auf ein Minimum zu schrumpfen. DER Blick aus ihren Augen tut sein Übriges, um mich winzig zu fühlen.

Ich versuche es mit Humor: »Och, komm schon, Esralein! Sei doch ein wenig locker. Trink auch etwas, das entspannt!« Ich schaue auf ihren tiefdunklen Bob hinab und meine, blauzüngelnde Flammen darin zu erkennen. Ich kichere.

»Hier stinkt es!« Esra geht an mir vorbei und öffnet ein Fenster nach dem anderen. Anschließend marschiert sie in die Küche und kommt mit einer großen Mülltüte zurück. Und Chinese, Italiener und Suppenkasper verschwinden gemeinsam in der Tüte. Dann versucht sie etwas, das ich nicht für möglich gehalten hätte: Sie will mir das Glas Wein wegnehmen. Aber nicht mit mir! Ich kämpfe für meine Rechte! Ich bin verlassen worden, und zwar schändlich! Da steht mir ein kleiner Schluck am Morgen doch wohl zu!

Leider sieht meine weltbeste Freundin das vollkommen anders.

Als sie bemerkt, dass sich ihr Vorhaben als schier unmöglich erweist, verlegt sie sich auf das Säuseln einschmeichelnder Worte. Meine Mutter unterstützt sie tatkräftig: »Lilith, seit drei Tagen lebst du jetzt schon so.« In meinem rotweingeschwängerten Kopf rechne ich nach und sage: »Dann haben wir heute Mittwoch.«

»Ja«, bestätigt Esra und sieht mich an, als ob ich ein Kleinkind wäre. »Ja«, wiederholt sie, »wir haben heute Mittwoch. Und«, fügt sie hinzu und rümpft ihre Nase, »ich muss es dir leider sagen, in aller Freundschaft: Du stinkst, meine Liebe!«

»Ach Quatsch«, wische ich ihre Unterstellung mit der Hand fort, in der ich immer noch das Urlaubsbild von Volker und mir halte. »Ich stinke doch nicht!« Dabei senke ich den Kopf und versuche, meine Nase in das Shirt zu versenken, was mir nicht gelingt. Leider reicht es, um eine Geruchsprobe meiner selbst in mich aufzunehmen. Angewidert verziehe ich das Gesicht.

In diesem unbewachten Moment greift sich Esra das Glas. *Diese Füchsin!*, denke ich und streiche ihr mit der nun freigewordenen Hand über den Bob.

Sie seufzt, bringt das Glas in die Küche, kommt zurück und hält ein großes Glas Wasser und zwei Kopfschmerztabletten in ihren Händen. Meine Mutter stellt sich neben sie. Wie zwei Feldwebel! Mein Kichern verwandelt sich in ein Glucksen. Ich salutiere und stoße die Hacken zusammen.

Esra verdreht die Augen, fängt sich aber gleich wieder. »Ich versichere dir, wenn der Alkohol nachlässt, wird es furchtbar werden.« Durch meinen Alkoholschleier sehe ich, wie ihre Mundwinkel dabei etwas nach oben zucken. Ich wische ihre Worte mit einer ausladenden Geste zur Seite, werfe mir die beiden Tabletten in den Mund und nehme einen großen Schluck Wasser.

Esra nickt zufrieden, während der Blick meiner Mutter auf die Digitalanzeige des Fernsehers fällt. »Huch, du liebes bisschen! So spät ist es schon!« Sie sieht hilflos von Esra zu mir. »Du weißt doch, ich kann deinen Vater nicht allzu lange alleine lassen.« Ihr Blick wandert zurück zu Esra. »Meinst du, du schaffst das alleine?«

Ein festes Nicken ist die Antwort. Ich möchte auf alle Fälle auch meine Meinung dazu abgeben und sage: »Ja, jawohl ja! Alles unter Kontrolle!«

Meine Mutter seufzt, umarmt Esra und tätschelt mir mit größtmöglichem Geruchsabstand den Rücken. »Pass auf dich auf, mein Schatz«, flötet sie und ist gleich darauf verschwunden.

Auch Esra wendet sich von mir ab und verlässt den Raum in Richtung Schlafzimmer.

»Möchtest du etwa ein kleines Schläfchen halten?« Ich finde mich unschlagbar witzig und kichere erneut.

Esra kehrt mit einem Shirt und einer Hose zurück und drückt mir beides in die Hand. »Du wirst dich jetzt duschen, dann räumen wir hier auf! Wir müssen diese Wohnung hier dringend entvolkern!«

Ich lasse mich von ihr ins Bad schieben. Und während das heiße Wasser an mir herunterläuft, kichere ich weiter vor mich hin. *Entvolkern!* Das finde ich gut.

Als ich frisch geduscht und neu eingekleidet ins Wohnzimmer zurückkomme, wartet Esra mit zwei zusammenfaltbaren Kartons in ihren Händen auf mich.

»Wir müssen dich und die Wohnung entvolkern«, wiederholt sie, wirft die Kartons auf den Teppich des Wohnzimmers und beginnt, sie auseinanderzufalten.

»Klingt gut«, sage ich und hebe dabei mein Wasserglas, als ob ich einen Toast aussprechen möchte. Ein wenig Wasser schwappt über den Rand und läuft am Glas hinab.

Esra, die gerade mit dem Aufstellen der Kartons fertig ist, zieht eine Augenbraue hoch, sagt aber nichts. Mit festem Schritt geht sie durch die Wohnung und steuert zielstrebig die Dinge an, die ihrer Meinung nach dazu beitragen, mein sowieso schon einsames Heim weiter zu entvolkern. Immer wieder verschwinden Bilder und Stellhin- und Staubeinchen in den Kartons. Manche von den Erinnerungen versuche ich, vor ihrer Abschiebung zu retten. »Aber das haben wir doch *beide* geschenkt bekommen.« Oder: »Nein, daran hänge ich wirklich!«

»Und es war von Anfang an hässlich! Es hat dir sowieso nie gefallen.« »Sehr gut, wenn du wirklich daran hängst, ist es umso wichtiger, dass es weg-kommt!«, sind nur einige ihrer erbarmungslosen Antworten.

Im Schlafzimmer angekommen, fällt ihr Blick auf das Bett. Das ist auch nicht weiter schwierig, weil es wirklich riesig ist. Wie bereits erwähnt: Volker wollte es damals unbedingt haben. »Darin werden wir beide himmlisch schlafen«, erinnere ich mich an seine Worte, und schon schießen Trä-nen und Rotz aus Augen und Nase. Ich greife in die Taschen meiner Hose und ziehe einige Toilet-tenpapierblätter hervor. Ich falte sie zusammen und schnäuze kräftig hinein.

»Dieses Monstrum kommt auch weg!« Und be-vor ich etwas erwidern kann, hebt Esra die Hand, und ich weiß, jegliche Widerworte sind zwecklos. Also nicke ich nur.


Esra ist sehr gründlich, wie es ihre Art ist. Im Wäschekorb findet sie noch Socken, eine Hose und ein Hemd von Volker. Ich sehe gleich, dass es sein Lieblingshemd ist.

Meine Freundin trägt die Kleidung wie Jagdtrophäen ins Wohnzimmer und schwups, ver-schwinden auch sie in einem der Kartons.

Vorsichtig frage ich: »Was passiert eigentlich mit den Sachen?«

»Sperrmüll!«, ist die kurze und sehr zufriedene Antwort meiner Freundin.

»Können wir das machen?«, frage ich unsicher.

»Aber natürlich können wir. Er hatte doch drei Stunden Zeit, all seine Sachen zu packen und von hier wegzubringen.« Ihre Augen blitzen vor Vergnügen. Ich zucke mit den Schultern und gebe mich geschlagen. Diese Frau möchte ich nicht zur Feindin haben!

Zusammen tragen wir die Kartons zu ihrem Volvo. Die Rücksitzbank ist bereits umgelegt, und so haben die Kartons bequem Platz. Während Esra den Kofferraum wieder verschließt, winke ich den Volker-Sachen traurig zu.

Zurück in der Wohnung fasse ich stöhnend an meinen Kopf. Der Alkoholgehalt in meinem Körper nimmt ab, und der Kater breitet sich langsam und wohlig aus.

»Na?«, feixt meine sogenannte Freundin. »Tut es so richtig schön weh?«

»Sei bloß still«, knurre ich und nehme einige kleine Schlucke aus dem Wasserglas.

»So«, stellt Esra fest. »Du bist geduscht, und Volkers Sachen sind weitestgehend entfernt. Das Bett werde ich die Tage abholen lassen, such du dir bitte schon einmal ein neues aus. Und nun wollen wir uns deiner Zukunft widmen.«

Das alles hat sie gesagt, ohne auch nur ein einziges Mal Luft zu holen oder zu zwinkern. Sie setzt sich an den Küchentisch und bedeutet mir mit einer Handbewegung, es ihr gleich zu tun. Ich fülle wohlweislich mein Wasserglas an der Spüle und setze mich zu ihr. Unter dem Alkoholpegel bin ich hellwach. Ich muss vorsichtig sein, denn ehe frau es sich versieht, hat Esra ihre eigenen Pläne zu denen der anderen gemacht. Und frau weiß nicht, wie ihr geschieht.

»Lilith Dom«, beginnt sie, und meine seeteichgrünen Augen (Hach, Volker!) fixieren sie. »Also, seit Jahren liegst du mir bereits in den Ohren, dass du mal raus möchtest, etwas anderes tun möchtest.« Sie hebt ihre Hand, um meinem angefangenen Protest jedwede Überlebenschance zu nehmen.

»Ja, ich weiß«, sagt sie, und dabei schaut sie mich an, wie sie ihren 3-jährigen Sohn Lukas anschaut, wenn er etwas nicht so versteht, wie sie es sich vorstellt.

41

»Du liebst und achtest deine Klienten und ihre Probleme und so weiter und so fort. Aber wäre das jetzt nicht DIE Gelegenheit, einmal auszubrechen und eine Auszeit zu nehmen? Für, sagen wir, vielleicht nur drei Monate? Lilith, das ist doch nichts! Und du hättest etwas getan, von dem viele nur reden, es aber niemals tun? Und du könntest einfach mal etwas Verrücktes tun!«

Jetzt bin ich diejenige, die ihre Worte in den Wind wischt. »Etwas Verrücktes? Volker, mein Partner, mein Leben, hat mich gerade verlassen! Und da soll ich mich um so etwas wie eine *Auszeit* kümmern?«

Wobei ich zugeben muss, dass ich ja auch selber daran gedacht habe, an eine Auszeit. Ein Job-Sabbatical. Bei dem Gespräch mit Volker … Das sage ich Esra aber natürlich nicht. Auf ihr ruht noch mein *Wie-kannst-du-jetzt-überhaupt-an-so-etwas-denken-wo-ich-doch-gerade-verlassen-wurde-Blick*.

Sie zuckt mit den Schultern und schüttelt den Kopf. »Na gut, aber denk daran, das hier ist deine Wohnung, dein Eigentum, geerbt von Oma Emi. Das bedeutet, keine monatlichen Mietzahlungen. Und …«, ihre Stimme wird lauter, da ich anhebe, um sie zu unterbrechen, »… und, Lilith, ich weiß, dass du etwas Geld gespart hast. Das würde zwar deinen Bankberater nicht erfreuen, aber mit den

Rücklagen auf deinen Konten könntest du gewiss einige Monate überbrücken. Überlege es dir, du hast jetzt noch das Wochenende, nächste Woche freuen sich bereits deine Klienten auf dich. Mehr sage ich nicht.« Sie presst Daumen und Zeigefinger zusammen und verschließt so den imaginären Reißverschluss vor ihrem Mund.

Ich nicke, wenn auch widerstrebend. »Okay, ich werde darüber nachdenken.«

Esra lächelt ihr offenes Siegerlächeln. Die Gute denkt, sie hat mich überzeugt. »Sehr schön, Lilith. Jetzt muss ich aber los. Termine, Termine, Termine, und vorher muss ich ja noch zum Sperrmüll und Volkers Kartons entsorgen.« Ein teuflisches Lächeln breitet sich auf ihrem Gesicht aus. »Tschüss, und melde dich, wenn du etwas brauchst!« Und schon ist sie entschwunden.

Ich lasse mich auf das Sofa fallen und sehe mich um. Alles ist ordentlich, und nur an einigen Stellen könnte man denken, dass etwas fehlt. Hier ein Bild, da wirkt ein Regal vollkommen verwaist. Ich kuschele mich in meine gelbe Sofadecke und schlafe ein.

## Kapitel 4 – Krönchen richten

E s ist Montagmorgen. Vor mir sitzt meine erste Klientin dieses Tages. Ja, ich habe mich dafür entschieden, erst einmal als Psychotherapeutin weiterzuarbeiten. Das Wochenende war ruhig, sehr ruhig. Esra und meine Eltern hatten keine Zeit vorbeizukommen.

Meine Mutter fühlte sich deswegen ganz schlecht. »Kind, du weißt ja, die Tante Else wird 90. Da können wir nicht einfach absagen. Das verstehst du doch, oder?«

Ich habe ihr mindestens siebenmal versichern müssen, dass das wirklich gar kein Problem für mich sei. Ich könne die Zeit gut zum Nachdenken gebrauchen. Sie solle sich bitte keine Gedanken machen und die Tante herzlich von mir grüßen.

Nicht ganz überzeugt, aber doch etwas erleichtert hat meine Mutter endlich nachgegeben. Sie würde Tante Else das vorflunkern, was sie auch schon meinen Klienten gesagt habe: nämlich, dass ich eine schlimme Sommergrippe habe. Somit war ich von der Geburtstagsgästeliste gestrichen.

Esra musste ich nicht so lange beruhigen. »Liebes«, sagte sie am Telefon, »du weißt ja, ich wäre viel lieber bei dir. Aber eine wirklich überzeugende Ausrede, um nicht auf der Hochzeit von Martins Bruder zu erscheinen, ist das nicht. Außerdem kannst du dir dann auch ungestört Gedanken über deine Auszeit machen.« Die liebe Esra, nie um einen kleinen Seitenhieb verlegen.

Ich habe mir über gar nichts Gedanken gemacht, sondern einfach in den Tag hineingelebt. Meinen Alkoholkonsum habe ich auf ein Glas Wein am Abend reduziert und mich zwischendurch den Volkertränen hingegeben.

Aber heute Morgen habe ich mich auf Trude (so heißt mein blutroter Roller) geschwungen, den Fahrtwind genossen, und jetzt sitze ich hier Frau Schmidt in meinem Praxisraum gegenüber. Also einer anderen Frau Schmidt, als derjenigen, über die ich nachgedacht habe, als ... Eine Träne stiehlt sich in mein linkes Auge. Schnell blinzle ich sie weg.

Da die Klientin ja denkt, dass ich in der letzten Woche eine Erkältung hatte, deutet sie die Träne als Nachwehe der Krankheit. Besorgt fragt sie: »Geht es ihnen denn schon besser?«

Ich nicke. »Ja, danke. Es geht wieder.« Ich nutze den Augenblick, und schnäuze mir die Nase mit einem Taschentuch aus der Packung, die immer für meine Klienten griffbereit liegt.

»Nun aber zu Ihnen«, sage ich mit aufgeräumter Stimme und klarem Blick. »Wie ist es Ihnen in der letzten Woche ergangen?«

So plätschern die Therapiestunden dahin. Ich fühle mich von Stunde zu Stunde sicherer, und ehe ich mich versehe, ist der Montag auch schon vorbei. Zufrieden lenke ich Trude zurück nach Hause und kaufe vorher noch einige Lebensmittel ein.

Auch der Dienstag vergeht wie im Flug, und ich spüre, wie meine Klienten mir Halt geben. Ihre Sorgen lassen meine, zumindest für den Moment, verblassen.

Am Mittwoch allerdings ist der Tag DER Frau Schmidt. Eine böse Ahnung grummelt in der Magengegend, aber ich wische die Bedenken fort und setze mein professionelles Gesicht auf.

Ohne nach meinem Befinden zu fragen – immerhin hatte ich ja eine Erkältung! - legt sie gleich los: *Er hätte jenes getan, sie hätte Folgendes gesagt* und immer so weiter.

Ich wundere mich über mich selber. Ich bleibe vollkommen gelassen, gestatte es meinen Gedanken aber auch, sich frei zu bewegen, bis: »Frau Dom, hören Sie mir überhaupt zu?« Frau Schmidt klingt empört, und ihre ohnehin schon kleinen Augen verengen sich weiter.

»Aber selbstverständlich höre ich Ihnen zu! Sie müssen entschuldigen, das sind einfach die Nachwirkungen meiner Erkältung.« Ich nehme demonstrativ ein Taschentuch und tröte voller Hingabe hinein. Dabei unterdrücke ich ein diebisches Grinsen.

»Jaja, natürlich, ich verstehe.« Frau Schmidt ist zwar leicht beschämt, aber das hält genau so lange wie ich Zeit brauche, um das Taschentuch in der Hosentasche verschwinden zu lassen.

»Aber, Frau Dom, dann hat er doch wahrhaftig ...«, zetert sie weiter. *Pffffhhhh*, denke ich, setze dabei allerdings eine äußerst interessierte Miene auf. Und auch diese Stunde zieht vorüber.

***

Genau so, wie die nächsten Wochen. Zwischendurch meldet sich mein Herz und sagt mir, dass es sich noch so wund fühlt, so klein, so leer. Dann nehme ich es mit zu mir auf das Sofa, und wir kuscheln uns in die fröhlichgelbe, flauschige Decke ein und suchen uns einen Film im Fernseher aus.

Meine Eltern besuchen mich regelmäßig. Und während meine Mutter geschäftig ihre mitgebrachten Tupperdosen im Kühlschrank verstaut, »Du musst das nur ganz kurz im Topf warm machen!«, fragt mein Vater mich ständig, ob er etwas in der Wohnung helfen kann. Mein Vater fühlt sich nur richtig vollständig, wenn er irgendetwas schrauben, hämmern oder dübeln kann.

»Ja«, sage ich eines Tages, und seine Augen beginnen zu leuchten, »du könntest mir helfen, mein Bett aufzubauen.«

Gestern ist nämlich mein neues Bett geliefert worden. Weiß, schlicht, schön. Das alte haben sie gleich mitgenommen. Und da ich wusste, dass meine Eltern am nächsten Tag, also heute, kommen wollten, habe ich es einfach eingepackt gelassen und auf dem Sofa geschlafen.

Jetzt springt mein Vater sofort dankbar auf, und wir verbringen die nächsten beiden Stunden im Schlafzimmer zwischen Kartons, Plastik, Schrauben, Bettseiten, Kopf- und Fußteil, Lattenrost und der Matratze.

Meine Mutter kommt zwischendurch zu uns und berichtet, für mich viel zu ausführlich, von

Tante Elses 90. Geburtstag. »Die Annette hat erzählt, dass der Ulf gesagt hat, die Tante Elfriede
...!«

Mein Vater murmelt immer wieder etwas vor
sich hin, was vielleicht Zustimmung sein könnte.
Aber ich weiß, er hört nicht zu. Und meine Mutter
weiß das auch. Aber es stört sie nicht. Nach 40 Jahren Ehe versteht man sich auch, ohne großartig
zuzuhören. Ich grinse und reiche meinem Vater
das von ihm durch einsilbige Befehle verlangte
Werkzeug.

So, in aller Einigkeit, steht nach zwei Stunden
mein neues Bett im Schlafzimmer. Ich bin glücklich.

Auch Esra bemüht sich, so oft es ihr eng getak-
teter Terminkalender zulässt, mich zu besuchen.
Das Thema Job-Sabbatical spricht sie nicht mehr
an.

***

Es ist Samstagmorgen, was bedeutet, dass
Markttag ist. Esra begleitet mich. Es ist das erste
Mal für mich seit, ... ja, verdammt, seit der Idiot
mich verlassen hat.

Tapfer halte ich meinen Kopf in die Höhe, obwohl ich ihn unter all den vielen Menschen lieber zwischen den Schultern verstecken würde. Meine Größe ist da nicht wirklich eine Hilfe.

Es werden leise Stimmen aus meiner Kindheit in mir wach: *Stangenspargel*, pikst es mich an der Schläfe. *Bohnenranke*, stößt es von hinten gegen meinen Kopf. Kinder können wirklich gemein sein! Eigentlich sind diese Erinnerungen vollständig von meiner Festplatte gelöscht. Aber irgendwie schafft es mein Gehirn heute, ihnen Leben einzuhauchen, und ich sehe Sprechblasen über manchen der Köpfe aufsteigen.

Ich seufze, schüttele mich kurz und folge Esra an den Käsewagen. Hinter der Käsetheke steht Carlos, groß wie breit, dunkel, und bestimmt der 60 näher als der 55. Was er niemals zugeben würde. Seine Schnurrbarthaare erzittern fröhlich, als er mich sieht.

»Lilith! Wo warst du denn so lange, und wo ist Volker?« Ich will ihm gerade tapfer antworten, dass Volker mich vor drei Wochen verlassen hat und ich ein wenig Zeit gebraucht habe, um hier wieder herzukommen.

Das hier ist nämlich Volkers und mein Markt. Hierhin sind wir jeden Samstag *gemeinsam* gegangen. Erst zu Carlos für den Käse, dann zur Familie Schwab, die die besten Fleisch- und Wurstwaren hat. Danach ging es zum Obst- und Gemüsestand, und zum Schluss haben wir immer einen herrlich großen Blumenstrauß bei Fiete gekauft. Das war unsere Runde.

Aber bevor ich Carlos mein Leid klagen kann, sehe ich im Augenwinkel einen schmerzlich bekannten Haarschopf. Ich drehe, ganz vorsichtig, den Kopf in die Richtung. Wahrhaftig, er ist es! Und gleich neben ihm, oder besser, an ihm dran: Eva! Volker geht mit IHR auf UNSEREN Markt. Ich muss schlucken. Mir wird schwindelig. Ich bekomme keine Luft. Und all das gleichzeitig. Ich spüre Esras und Carlos´ Blicke auf mir. Auch Esra hat die beiden erspäht.

Blitzschnell nimmt sie mich am Ellbogen und zischt Carlos über die Käsetheke hinweg zu: »Wir holen das später ab.« Und gerade noch rechtzeitig zieht sie mich zu einem anderen Stand. Durch meinen Schmerzschleier höre ich Volker sagen: »Hallo, Carlos, darf ich vorstellen, das ist die Eva.«

»Die« Eva! Speicheltröpfchen bilden sich vor meinem Mund. Genau so erotisch wie »die« Tante Else.

»Ganz ruhig, Lilith, ganz ruhig!« Esra streichelt mir über den Rücken, und es kommt mir fast so vor, als ob sie sich auch selber besänftigen muss.

»Aha, nun ja, erfreut, Sie kennenzulernen«, antwortet Carlos mit unsicherem Blick in unsere Richtung.

Bevor ich auf Volker und »die« Eva losgehen kann, um auf sie einzuprügeln, wirbelt mich Esra herum, und wir stehen direkt an einem Obst- und Gemüsestand. *Bei dem war ich noch nie*, stelle ich stumm fest.

»Dann kaufen wir halt zuerst hier ein.« Immer praktisch, meine Freundin.

Was Esra einkauft, bekomme ich nicht mit. Stattdessen versuche ich, alles genau mitzubekommen, was Volker, Eva und Carlos am Stand nebenan reden. Ich höre gerade noch das basstönende Lachen Carlos', dem Verräter, bevor Esra mich weiterzieht.

»Wir sind fertig«, sagt sie. »Hier, nimm das«, und drückt mir zwei grüne Papiertüten in die Hände.

»Wirklich Lust habe ich nicht mehr, weiter einzukaufen«, sage ich und höre das Quengeln in meiner Stimme.

»Das kann ja sein«, antwortet Esra ungerührt. »Aber ich muss für meine Familie einkaufen. Also reiß dich zusammen!«

Ich schäme mich und nehme mir vor, nicht ständig nur an mich zu denken. Brav folge ich meiner Freundin im Fluss der Marktbesucher. Zum Schluss holt sie noch den Käse bei Carlos ab. Ich bleibe in sicherer Entfernung stehen. Ich kann Carlos, dem Verräter, nicht verzeihen, dass er mit Volker und Eva gelacht hat.

Dann, kurz bevor wir den Markt verlassen, sehe ich noch etwas, was mich in meinen Grundfesten erschüttert: DIE Frau Schmidt schlendert dort Arm in Arm mit einem Mann turtelnd geradewegs an mir vorbei. Sie ist so in ihr Liebesgeplänkel versunken, dass sie mich gar nicht bemerkt.

Ich schaue mir den Mann an ihrer Seite genauer an und erkenne, dass es auf gar keinen Fall ihr Ehemann sein kann. So oft, wie sie den beschrieben hat, weiß ich, dass er etwas älter als sie selber ist, so um die sechzig, grauhaarig und eher unförmig. Dieser Mann hier ist alles andere als sechzig, vielleicht sogar in meinem Alter. Auch von grauen Haaren und Unförmigkeit kann hier keine Rede sein.

»Was ist los?«, fragt Esra, und mir fällt auf, dass ich den beiden mit offenem Mund hinterherstarre. Ich schließe meinen Mund und sage: »Das da«, ich zeige mit ausgestrecktem Zeigefinger auf die beiden, »ist Frau Schmidt, also DIE Frau Schmidt.« Natürlich habe ich Esra von ihr erzählt. Volker steht mir ja nicht mehr zur Verfügung.

Jetzt öffnet sich auch Esras Mund, und ihre Augen starren den beiden Täubchen hinterher. »Das ist aber nicht ihr Mann!«, erkennt sie sofort.

Ich grinse. »Nein, das ist er nicht. Und sie wohnt auch ganz woanders. Sie ist bestimmt nur hier, weil sie denkt, dass sie hier keiner kennt.«

Wir sehen uns an und kichern. Nachdem wir uns vom gerade Entdeckten erholt haben, verabschieden wir uns mit Umarmung und Küsschen links und rechts. Dann geht jede ihrer Wege. Ich kaufe noch schnell einen gigantischen Blumenstrauß bei Fiete. Volker und Eva sind zum Glück nicht in der Nähe. Dann tuckere ich auf Trude zu meinem Heim. *Meinem* Heim, jawohl!

Ich räume meine Einkaufstüten aus und stelle die Blumen in eine Vase. Die Vase kommt auf eine Kommode, auch ein Erbstück von Oma Emi. Ich betrachte mein Werk und liebe es. Meine Gedanken an Volker und den damit verbundenen höllischen Schmerz packe ich erst einmal in ein hübsches, kleines Päckchen und vergrabe es irgendwo in der hintersten Ecke meines Gehirns.

Als ich die Papiertüten von dem Obst- und Gemüsestand falten und wegräumen möchte, fällt mir ein Flyer in die Hände.

Laut lese ich: »Biohof Weiden! Wenn Sie gute Lebensmittel lieben und Lust auf Arbeit an der frischen Luft und mit netten Menschen haben, werden Sie doch einfach Teil unseres Teams!« *Nicht die aufregendste Anzeige*, denke ich, spüre aber, dass sich irgendetwas bei mir rührt, leichter wird. Der Flyer zeigt riesige Brotlaibe, buntes Obst und frisches Gemüse. Auf einem kleinen Bild zähle ich sechs Mitarbeiter, die zufrieden in die Kamera schauen. Ein älterer Mann winkt sogar. *Das will ich auch!*, denke ich, aber nur für einen winzigen Moment. Dann lege ich den Flyer in eine Küchenschublade, wo er in Vergessenheit gerät.

\*\*\*

Neue Woche, neues Glück!

Trude und ich sind an diesem sonnigen Montagmorgen ganz glücklich auf dem Weg zu meinem Praxisraum.

Den Sonntag habe ich genutzt, um den Kleiderschrank von einigen viel zu alten Kleidungsstücken zu befreien. Es sieht dort jetzt so leer aus, dass ich überlege, mir einen kleineren Schrank zu kaufen. Oder doch besser neue Kleider? Ich lächle leicht und beschwingt.

Auch meine Klienten spüren, dass es mir besser geht (für sie war ich ja erkältet), und die alte Vertraulichkeit stellt sich wieder ein. Bis, ja, bis …

»Frau Dom, ich muss Ihnen sagen, dass ich es einfach nicht mehr aushalte!«

Es ist Mittwochnachmittag. DIE Frau Schmidt sitzt mir gegenüber und ist wieder ganz in ihrem üblichen Erzählrhythmus gefangen. Ich schaue sie an und spüre, wie mein Blick allmählich glasig wird. Halbherzig versuche ich, dagegen anzukämpfen, aber mit einem Mal ist Frau Schmidt nur noch ein durchsichtiger Geist.

»Frau Dom?« Selbst die durchgängig nörgelige Stimme des Geistes schafft es nicht, mich zurückzuholen. Will ich auch gar nicht, denn ich ahne Böses!

»Frau Dom! Das ist doch die Höhe! Ich breite meinen tiefsten Schmerz vor Ihnen aus, und Sie hängen Ihren Tagträumen nach. Und das bei Ihren Stundensätzen!«

Etwas in mir beginnt zu brodeln. Ich spüre, da ist etwas in mir erwacht und will der Geisterfrau vor mir dringend etwas sagen. Ich könnte, wenn ich denn wollte, dieses Etwas zurückdrängen. Aber irgendwie will ich das gar nicht. Also ziehe ich mich zurück und lasse das Etwas das tun, was es meint, tun zu müssen. Ein beinahe heiteres Gefühl breitet sich in meinem Bauchraum aus.

Das Etwas sagt zu der Geisterfrau: »Sie haben vollkommen recht, Frau Schmidt. Entschuldigen Sie bitte. Wenn ich Sie richtig verstanden habe, hat Ihr Mann dieses oder jenes getan, Sie haben ihm eine entsprechende Antwort gegeben, worauf er Ihnen nicht besonders freundlich geantwortet hat.«

*Das Etwas klingt gut*, finde ich. Leise, höflich, einfühlsam. Aber ich weiß, das kann sich schnell ändern, und das wird es auch.

Frau Schmidt, wieder vollkommen besänftigt und eingelullt, nickt eifrig: »Ganz genau, Frau Dom. Er hat ...«

Das Etwas unterbricht sie, indem es mich dazu bringt, meinen Arm zu heben und sie zum Schweigen zu bringen.

Das Etwas fährt fort, jetzt beinahe flüsternd, dafür weniger höflich und auf gar keinen Fall einfühlsam, eher kalt zischend: »Was, Frau Schmidt, würde denn Ihr Mann dazu sagen, wenn er von Ihrem Geliebten erführe? Der so viel jünger, schlanker und dunkelhaariger ist? Was würde Ihr Mann denn dazu sagen, dass Sie ihm, wie man so schön zu sagen pflegt, Hörner aufgesetzt haben? Frau Schmidt, was meinen Sie?«

Gott, bin ich aufgeregt! Innerlich zappele ich und applaudiere eifrig meinem Etwas. Völlig aufgekratzt sehe ich Frau Schmidt an. Was wird sie erwidern?

Sie starrt fassungslos zurück.

Aber, da kommt nichts von mir. Also stieren wir uns weiter vollkommen bewegungslos an. Nach gefühlten fünf Minuten wendet die Geisterfrau ihren Blick ab. Sie rümpft verächtlich die Nase, steht auf, zupft ihren Rock zurecht, fährt durch ihre Haare, nimmt ihre Jacke und verlässt ohne ein weiteres Wort und ohne mich oder mein Etwas eines Blickes zu würdigen den Raum.

## Kapitel 5 – Job-Sabbatical

»Du hast was?« Esra sitzt mit mir am Küchentisch. Sie hält ein Glas Prosecco in der Hand. Ihr Mund steht so weit offen, dass ich ihr Zäpfchen sehen kann. Ich nippe an meinem Glas und genieße diesen Anblick bis ins Wurzelchakra und wieder zurück.

Nachdem die Geisterfrau aus der Praxis gestürmt war und mein Etwas und ich uns ein kleines Tänzchen gegönnt hatten, griff ich zum Telefonhörer und rief meine Freundin an. Ich bat sie, auf ein Glas am Abend vorbeizukommen. Einen Grund brauchte ich dafür nicht zu nennen. Prosecco benötigt keinen besonderen Anlass.

»Und so weiß Frau Schmidt jetzt, dass ich über ihr Verhältnis im Bilde bin«, erkläre ich ihr gerade und ergänze mit leuchtenden Augen: »Und außerdem habe ich mich entschieden, ein Job-Sabbatical zu machen. Der Termin mit meinem Bankberater ist morgen Vormittag. Ich denke, acht bis zwölf Monate könnte ich auch ganz ohne bezahlte Arbeit auskommen«.

Esra nickt anerkennend, erhebt ihr Glas und sagt: »Lilith, ich bin stolz auf dich!« Ich grinse, und wir stoßen an, dass die Gläser klingen. Ich nehme einen großen Schluck und fühle mich großartig. Meine Freundin ist stolz auf mich. Und ich bin es auch!

***

Mein Bankberater ist allerdings weniger erfreut, als ich ihm am nächsten Tag von meinen Wünschen berichte. Alles andere hätte mich auch gewundert.

»Frau Dom, haben Sie sich das gut überlegt? Gerade jetzt, in diesen Zeiten ...«

Diesmal hebe ich, vollkommen unabhängig von meinem Etwas, die Hand und stoppe seinen Redefluss.

»Herr Menner, ich weiß, Sie machen sich Sorgen. Aber das müssen Sie wirklich nicht. Lösen Sie bitte einfach meinen Bausparvertrag auf und veranlassen, dass das Geld auf mein Girokonto überwiesen wird.« Ich sehe, wie unglücklich er ist und ergänze mit ruhiger Stimme: »Herr Menner, ich weiß, wie sehr Ihnen mein Wohl am Herzen liegt.« *Natürlich!* »Aber vertrauen Sie mir.«

Er schluckt und nickt tapfer. »Also gut, Frau Dom, Sie werden schon wissen, was Sie tun.«

Ich tätschele beruhigend seine Hand. Er seufzt und beginnt, die notwendigen Daten in seinen

Computer zu tippen. Als ich die Ausdrucke zur Kündigung meines Bausparvertrages unterschreibe, lächelt er mich tapfer an.

\*\*\*

Mit der Tageszeitung und dem lokalen Stellenmarkt bewaffnet, kehre ich nach Hause zurück. Zuerst bereite ich mir eine große Tasse Grünen Tee zu und ziehe den Duft genüsslich in die Nase. Anschließend telefoniere ich mit meinen Kollegen, um sie von dem Sabbatical in Kenntnis zu setzen und zu fragen, wer noch Kapazitäten für mögliche Klienten frei hat. Entsetzen, Unverständnis, Applaus und auch Neid schlagen mir entgegen.

Ähnliche Reaktionen erhalte ich von meinen Klienten. »Ach, das wollte ich auch immer schon einmal machen!«, ist der häufigste Antwortsatz. Wie gerne würde ich erwidern, dass dem ja nichts im Weg steht. Denn die meisten meiner Klienten sind sehr wohlhabend, und eine kleine Auszeit würde sie in keinem Fall in den Ruin treiben. Aber, das ist jetzt nicht mehr mein Problem.

Ich setze mich an den Küchentisch und breite die Stellenanzeigen vor mir aus, den Textmarker in der Hand. Ich bin zur Jobjagd bereit. Ich weiß, dass das altmodisch ist. Heutzutage sollte ich im World

Wide Web nach meinem neuen Traumjob suchen. Aber ich möchte es auf diese Weise tun.

Nach einer Stunde fiebrigen Suchens und Findens strahlen mich zwölf grellgelbgemarkerte kleine Kästchen aus der Zeitung an.

Siegessicher stehe ich auf und koche eine zweite Tasse Tee. Anschließend nehme ich mein Telefon und wähle die erste Nummer.

»Garten- und Landschaftspflege Altras, Schütt am Apparat, guten Tag!«, schreit mich eine eher ungehaltene, weibliche Stimme an. Ich zucke zusammen.

»Hallo, ist da wer?«, grölt mir die Frau erneut entgegen.

»Schönen guten Tag«, antworte ich und streiche mir nervös eine Locke hinter das Ohr. Natürlich hüpft sie sofort wieder an ihren Platz zurück. »Ich rufe an wegen Ihres Stellenangebots.«

»Stellenangebots?« Frau Schütt dehnt das Wort, als ob sie hofft, dadurch seine Bedeutung besser verstehen zu können. »Wir sind hier für Garten- und Landschaftspflege zuständig.« Jetzt klingt sie, als ob sie einem kleinen Kind etwas sehr Einfaches erklären würde.

Ich gebe nicht auf. »Ihre Stellenanzeige in der Zeitung. Sie schreiben dort, dass Sie jemanden für Kleinarbeiten suchen. Vorkenntnisse nicht erforderlich.«

»Ach das!« Frau Schütt klingt, als ob sie mir vorhält, das nicht gleich gesagt zu haben.

»CHEF! HIER IST JEMAND, DER SICH AUF DIE STELLE FÜR DEN KLEINSCHEIß BEWERBEN MÖCHTE!«, brüllt sie in den Hörer. Ohne ihn abzudecken.

Zu spät entferne ich das Telefon vom Kopf und höre jetzt ein leises Klingeln in meinen Ohren.

Gleich darauf sagt jemand zu mir: »Altras, Sie wollen sich bei mir bewerben?« Ein Mann ohne viele Worte.

Ich schöpfe neuen Mut. »Ja, genau. Lilith Dom mein Name. Schönen guten Tag. Ich habe Ihre Stellenanzeige ...«

Weiter komme ich nicht. »Eine Frau?« Herr Altras scheint es nicht fassen zu können. Ich dagegen bin empört.

»Ja, ich bin eine Frau, na und?« *Lilith,* ermahne ich mich, *schön ruhig bleiben.* »In Ihrer Stellenanzeige schreiben Sie doch, dass sich Frauen *und* Männer bewerben können.«

»Aha, na, wenn Sie das sagen, wird das so sein. Was haben Sie denn bis jetzt gemacht?«

Okay, ich weiß, dass nun der schwierige Teil kommt. Es ist mir klar, dass es sich etwas befremdlich anhört, wenn eine Psychotherapeutin sich auf eine wahrscheinlich unterbezahlte Stelle bei einem Betrieb bewirbt, der so gar nichts mit ihrer bisherigen Tätigkeit zu tun hat.

Deswegen lautet meine Strategie: Einfach schnell und ohne Unterbrechung reden, damit das Gegenüber keine Chance für Widerworte hat.

Ich hole tief Luft: »Mein Name ist Lilith Dom, ich bin Psychotherapeutin, möchte mich beruflich aber verändern. Bei Durchsicht der Stellenangebote bin ich auf Ihre Anzeige gestoßen, die mir sehr zusagt. Die Arbeit im Freien, mit Pflanzen und in einem Team. Ich würde mich sehr freuen, wenn Sie mich zu einem Bewerbungsgespräch einladen würden und wir dann die Details bereden könnten.«

Puh, geschafft! Ich hole tief Luft und nehme einen Schluck von dem mittlerweile lauwarmen Tee.

Etwas verunsichert lausche ich in den Hörer. Als Antwort erhalte ich nur ein Schweigen.

»Hallo, Herr Altras? Sind Sie noch da?«

Ich höre ein Kichern, dann antwortet mir Herr Altras mit gepresster Stimme: »Ja, Frau Dom, natürlich, entschuldigen Sie bitte. Das hört sich alles sehr interessant an.«

»Danke schön«, antworte ich vorsichtig und warte ab.

Glucksend redet er weiter: »Wollen Sie vielleicht mit den Pflanzen reden?«

Schallendes Gegacker dröhnt mir vom anderen Ende der Leitung entgegen. Herr Altras und Frau Schütt können kaum an sich halten. Ich sehe ihre sich biegenden und bebenden Körper vor meinem inneren Auge. Dann quiekt Frau Schütt in den Hörer: »Danke, kein Bedarf!«, und legt auf.

Verblüfft schaue ich mein Handy an, als ob es mir irgendeine Erklärung für das soeben Erlebte geben könnte. Wut steigt in mir auf. Ich schlage so fest auf die Tischplatte, dass die Teetasse leise hochhüpft, dann nehme ich mir die zweite Nummer vor.

Aber auch bei meinen nächsten Telefonaten ernte ich meist Sprüche wie: »Psychotherapie? Ist das so etwas wie ein Kopfdoktor?« oder »Job-Sabbatical? Was ist das nun wieder für ein neumodischer Kram?«

Nach dem sechsten Anruf steige ich vom Tee auf ein Glas gekühlten Weißwein um. Nach der zwölften Absage und dem letzten grellgelbgemarkerten Kästchen ist das Glas leer.

Ich fühle mich gedemütigt. Nicht so wie nach der Beichte von Volker und der damit verbundenen Trennung. Bei dem Gedanken daran stoße ich kurz auf, während mir eine Träne die Wange hinunterkullert. Ich spüre die Traurigkeit, die sich heimlich und zäh in meinem Bauchraum ausbreitet. Schnell schiebe ich die Erinnerung zur Seite.

Nein, an Volker will ich jetzt nicht denken. Ich will einen Job, der mich erfüllt, der mich ablenkt und bei dem ich ein klein wenig Geld verdienen kann. Etwas mehr Geld wäre natürlich auch gut.

Wütend nehme ich mein Glas, gehe zum Kühlschrank und schenke nach. Die Eiswürfel kippe ich mit soviel Schwung in den Wein, dass der überschwappt und eine gehörige Menge in eine der Schubladen läuft.

*Super, Lilith, ganz toll!* Genervt wische ich die Weinpfütze mit einem Küchentuch weg und öffne die Schublade, um mir das Malheur anzusehen.

Und was lächelt mir dort entgegen? Der Flyer vom Biohof Weiden: »Biohof Weiden! Wenn Sie gute Lebensmittel lieben und Lust auf Arbeit an der frischen Luft und mit netten Menschen haben, werden Sie doch einfach Teil unseres Teams!«

Habe ich! Ohne lange nachzudenken, schnappe ich mir mein Handy und wähle die Nummer.

»Biohof Weiden, Astrid März. Was kann ich für Sie tun?«

So viel Freundlichkeit liegt in dieser festen Frauenstimme.

Mit neuem Mut und guter Dinge sage ich: »Schönen guten Tag. Lilith Dom ist mein Name. Ich habe bei meinem letzten Marktbesuch einen Flyer von Ihrem Stand mitgenommen. Auf dem steht, dass Sie Mitarbeiter benötigen. Und, ja, ich würde mich sehr gerne bei Ihnen bewerben.« Ich halte die Luft an und hoffe das Beste.

»Wie schön!«, antwortet mir da auch schon Frau März´ klare Stimme. »Wenn es Ihnen passt, kommen Sie doch morgen gegen 16.00 Uhr bei uns vorbei, dann können wir uns kennenlernen.«

Ich kann mein Glück kaum fassen und sage grinsend in den Hörer: »Das ist ja prima! Dann bis morgen um 16.00 Uhr beim Biohof Weiden. Vielen Dank!«

»Da nich´ für. Bis morgen«, ist ihre kurze Antwort, bevor sie das Gespräch beendet.

Ich strahle, von innen und von außen. Mein Job-Sabbatical kann beginnen.

## Kapitel 6 – Biohof Weiden

Es ist Freitagnachmittag, kurz nach halb vier. Trude und ich lassen gerade die letzten Häuserreihen der Stadt hinter uns.

Die Luft ist hier klarer, weicher. Auch das letzte Haus verschwindet hinter uns, und sattgelbe Felder breiten sich zu beiden Seiten der Straße aus. *Bald ist es Zeit, das Getreide zu ernten*, denke ich. Kaum verlasse ich die Stadt und nähere mich meinem hoffentlich künftigen Arbeitgeber, fühle ich mich wie eine Vollblutlandwirtin. *Schön ruhig, Rote!*, ermahne ich mich, wobei ein selbstgefälliges, breites Grinsen meine erzwungene Demut Lügen straft.

Die Sonne strahlt angenehm warm vom Himmel.

Gleich gestern Abend habe ich Esra und meinen Eltern telefonisch von dem Gespräch mit Frau März berichtet. Ihre guten Wünsche im Hinterkopf sauge ich jetzt die häuser- und weitestgehend autofreie Landluft in mich hinein. Das Leben ist schön!

Links des Weges taucht eines dieser kleinen, grünen Schilder mit einem hellen Rand auf. Darauf steht: »Biohof Weiden«

Jetzt bin ich doch aufgeregt. Was ist, wenn Frau März mich nicht mag? Was ist, wenn das doch wieder so ein Reinfall ist? *Nein, Lilith, tu dir das nicht an!*, ermahne ich mich. *Du kannst dich geißeln, wenn du einen wirklichen Grund dazu hast.*

Wie, um mir Mut zu machen, schüttele ich meinen Kopf, setze den Blinker und biege in eine kleine Nebenstraße ab.

Die Landschaft verändert sich. Waren vorher die Felder ausschließlich goldgelb, blitzen hier zwischen den prallen Ähren blaue und rote Köpfchen hervor. Kornblumen, Disteln und dunkelroter Mohn. Ich fahre langsamer und entdecke eine ganze Wiese voll von Wildblumen. Hier leuchten nicht nur Kornblumen, Disteln und Mohn zwischen den langen Grashalmen, auch roter Klee, Schafgarbe und gelbe und orangefarbene Ringelblumen fühlen sich hier wohl. Schmetterlinge, Hummeln, Bienen und allerlei andere Insekten sausen und brausen zwischen den Blüten dahin.

*Ein so schönes Bild,* denke ich, und mein Herz wird noch leichter.

Zur Straße hin ragen die ersten Baumriesen auf und verdichten sich bald zu kleinen Baumgruppen. Wieder verändert sich die Luft, wird grüner, feuchter, satter.

Ich fahre in eine Kurve, und es ist, als ob mich die Baumriesen umarmen.

Am Ende der Kurve halte ich vor einer Einfahrt, die von einem riesigen, gusseisernen Tor eingerahmt wird. Blauer Goldregen schlingert sich an ihm empor und rankt weiter an der hellen Sandsteinmauer entlang, die das Anwesen umschließt. Birken, Linden und Eichen umsäumen in spielerischen Abständen die Mauer. Eingebettet liegt das ganze Idyll in Blumen- und Obstwiesen und sonnengelben Feldern.

In der Mitte des Tores, direkt über meinem Kopf, hängt ein einfaches, viereckiges Holzschild, in das das Wort »WEIDEN« eingebrannt ist.

Mir wird ein wenig schlecht, die Aufregung steigt. Ich hole tief Luft und fahre über die gepflasterte Auffahrt auf den Hof.

Ein roter Tiger flüchtet vor der knatternden Trude über den Hof. Ein hellgrauer, struppiger Hund kommt freudig bellend angerannt, als ich von dem Roller steige und meinen weißen Helm an den Lenker hänge.

Ich schaue mich um. Auf einem grünen Rasenfleck grasen zwei winzig kleine Ponys. Eine Trauerweide spendet den beiden Tieren Schatten und wiegt ihre lianengleichen Äste sanft im Wind. Holunderbüsche und Kletterrosen umgarnen das Haupthaus, das den Mittelpunkt des Anwesens bildet. Rechts davon stehen zwei Autos, es folgen ein leerer Stellplatz, ein LKW, und das Ende macht ein Traktor. Alles ist überdacht von einem mächtigen, hölzernen Carport. *Eine ganz beeindruckende Flotte,* finde ich. Zwei Autos parken davor. Ein Fahrrad lehnt an einem der Holzpfeiler. An die linke Seite des Hauses schließen eine Scheune und ein Nebengebäude an.

Vor der Scheune laden eine Frau und ein Mann leere Kisten von einem weiteren Transporter ab, die sie auf einen Rollcontainer stapeln. Die Frau nimmt eine letzte Box von der Ladefläche und stellt sie auf den Container, den sie anschließend gemeinsam mit dem Mann in die Scheune rollt.

Langsam schweift mein Blick über das beschauliche Bild, und ich denke: *Das ist ja wie bei* Ferien auf dem Immenhof! *Esra würde es superkitschig finden.*

»Aus! Fritz! AUS!!!«, brüllt plötzlich eine Männerstimme über den Hof und reißt mich aus meinem Tagtraum. Ich drehe den Kopf und suche nach dem Ursprung des Lärms. Fritz stört sich überhaupt nicht an der Unterbrechung und springt weiterhin fröhlich an mir hoch. Seine feuchte, raue Hundezunge schleckt genüsslich über meine Hand.

Ich entdecke den Besitzer der Stimme. Sie gehört einem Mann mit eisgrauen Haaren, die genauso struppig und wirr von seinem Kopf abstehen wie Fritz' Fell von seinem Hundekörper. Sein sehniger, mindestens 70 Jahre alter Körper steckt in einem Blaumann. Seine Schritte, von Gummistiefeln gelenkt, stampfen vom Carport her auf Fritz und mich zu.

Als er vor uns beiden zum Stehen kommt, starren zwei von buschigen Augenbrauen umrahmte hellblaue Augen auf den jetzt lammfrommen Fritz. Wie ausgewechselt sitzt der nun brav hechelnd neben mir und Trude und erwidert treuherzig den zornigen Blick aus seinen Hundeaugen.

Der Blaumann stemmt die Hände in die Seiten und schüttelt knurrend seinen Kopf.

»Jag die Katze oder mach sonst irgendetwas Nützliches«, trägt er Fritz auf, der heiter mit dem Schwanz wedelnd in Richtung Scheune läuft.

»Tsss, keine Erziehung«, seufzt der Blaumann und sieht mich an, als ob er alle Weltlast auf seinem Rücken schultern müsse.

Mir fällt auf, dass ich noch grinse. Fritz´ treuer Blick und leichtpfotiger Abgang waren einfach zu niedlich.

Schnell lösche ich das Lächeln von meinem Gesicht und sehe den Mann verständnisvoll nickend an.

Er wischt sich mit einer Hand über seinen Blaumann. Dieser ist so dreckig, dass ich bezweifle, dass die Geste die Hygienesituation seiner Hand merklich verbessert.

Er reicht sie mir mit den Worten: »Ich bin der Willi!«

Mehr nicht. Als ob damit alles von seiner Seite her getan und gesagt sei. Ich erkenne in ihm den fröhlich winkenden Mann von dem Flyer. Er sieht mich aus einem wettergegerbten, von mindestens tausend kleiner Falten überladenen Gesicht fragend an. Ich straffe meine Schultern, setze mein, wie ich annehme, einnehmend freundliches Lächeln auf, schüttle seine dargebotene Hand und sage: »Lilith Dom. Schön, Sie kennenzulernen. Ich habe gestern mit Frau März für jetzt, 16.00 Uhr, einen Termin vereinbart. Es geht um die Mitarbeitersuche auf ihrem Flyer.«

Zur weiteren Erklärung krame ich besagten Flyer aus meiner Hosentasche und halte ihn vor Willis prüfende Augen. Der umschließt immer noch meine Hand, blickt erst auf den Flyer, anschließend in den Himmel, als ob dort die Antwort auf all seine Fragen zu finden sei, und sagt: »Dann aber auf! Es ist kurz nach 16.00 Uhr. Ich bring dich zur Astrid.«

Willi ist keinesfalls ein Mann der vielen Worte. Aufgrund seines Dialekts sortiere ich ihn nach Ostfriesland. Lange Zeit zum Überlegen habe ich aber nicht, da er seine Schritte bereits Richtung Haupthaus einschlägt. Ich muss mich beeilen, um ihm folgen zu können.

*Für einen Mann um die 70 ist er wirklich mehr als gut in Schuss*, kann ich noch denken, als er die Haustür öffnet und laut: »ASTRID!« in den dunklen, kühlen Flur hineinruft. »Hier ist die Lilith für dich!«

Eine Frau mit einem breiten Lächeln auf ihrem Gesicht eilt uns aus dem hinteren Teil des Flures entgegen.

Ihr von silbrigen Strähnen durchzogenes, blondes Haar fällt locker auf ihre Schultern. Ich schätze sie auf etwas über 50. Unter einer gestärkten, weißen Schürze trägt sie ein orangefarbenes Poloshirt und eine Jeans. Sie streicht sich eine Haarsträhne aus der Stirn, und eine kräftige, warme Hand umschließt die meine. »Herzlich willkommen, Frau Dom!«

Der Duft nach frischem Kaffee und fruchtigem Kuchen strömt in meine Nase, und ich ziehe ihn tief ein. Erinnerungen an meine Großeltern steigen in mir auf.

»Vielen Dank«, antworte ich und fühle mich bei dieser drahtigen und doch so mütterlichen Frau gleich wohl. »Sie haben ein wirklich schönes Anwesen.«

»Danke«, antwortet Frau März. »Es macht aber auch wirklich sehr viel Arbeit!« Sie wendet sich an Willi, der schweigend neben uns steht. »Willi, wenn ihr draußen mit allem fertig seid, kommt rein. Kaffee und Kuchen stehen bereit.«

Willi salutiert grinsend, leckt sich vor Vorfreude über die Lippen und schlendert in Richtung Scheune davon.

»Kommen Sie doch bitte mit, Frau Dom. Oder darf ich Lilith sagen?«

»Aber gerne!«, freue ich mich und folge Astrid in den ersten Raum, der gleich rechts vom Flur abgeht. Unverkennbar das Büro des Biohofs.

Ordentlich reihen sich hier Ordner in hellen Regalen. Ein schwerer Schreibtisch aus massivem Holz steht am Fenster. Wer hier arbeitet, hat einen Blick über das gesamte Treiben auf dem Hof. Ein Computer im Ruhemodus und ein rotblinkendes Telefon teilen sich mit einem wunderschönen Wiesenstrauß den Platz auf der Schreibtischplatte.

Astrid setzt sich auf einen der Stühle und bedeutet mir, mich ebenfalls zu setzen.

»Lilith, ich werde dir nichts vormachen«, beginnt sie. »Die Arbeit in so einem Betrieb ist kräftezehrend und nervenaufreibend. Viele verklären das Arbeiten auf so einem Hof, beziehungsweise auf dem Markt, zu etwas Romantischem. Man sieht immer nur lächelnde Gesichter, farbenfrohe Ware und Sonnenschein auf den Werbebildern. Jaja, ich weiß, ich weiß«, unterbindet sie meinen vorsichtigen Einwurf. »Der Flyer! Mein Neffe hat mir bei der Gestaltung geholfen. Und er hat natürlich recht. Mit griesgrämigen Gesichtern und vergammeltem Obst und Gemüse gewinnt man keine Mitarbeiter, geschweige denn Kunden. Aber ich möchte und muss hier so ehrlich sein. Der Job verlangt viel von einem!«

Sie zählt an ihren Fingern ab. »Erstens, frühes, sehr frühes Aufstehen! Wir beginnen hier um 3.30 Uhr.«

3.30 Uhr! Ich schlucke kurz und nicke tapfer. »Da gewöhne ich mich schon dran.« *Vielleicht*, füge ich stumm hinzu.

»Dann das Packen und Verladen der Ware. Das geht auf's Kreuz.« Sie fasst sich mit einer Hand an ihren Rücken und drückt ihn durch.

Hier gibt es keine Reaktion meinerseits. Ich bin groß und stark. Bei Umzügen bin ich immer eine gerngesehene Helferin.

Astrid fährt fort und streckt den dritten Finger. »Im Frühjahr und im Sommer ist es meist herrlich. Die Sonne geht früh auf, die Vögel zwitschern, die Welt ist sanft und schön. Im Herbst und erst im Winter aber ist es morgens kalt, feucht und ungemütlich. Und das zieht sich über eine sehr lange Zeit hin!«

Sie geht gleich zu Ablehnungsgrund vier über. »Unsere Kunden! Die meisten sind nett, und man freut sich, sie zu sehen und zu bedienen. Allerdings sind da auch die Üblichen, denen man die schlechte Laune von Weitem ansehen kann. Die kennt man schon, die brauchen es, sich über alles und jeden zu beschweren. Wenn die kommen,

möchte man sich am liebsten hinter der Theke verstecken und hofft, dass sie zum Nachbarstand gehen. Aber auch hier musst du immer lächeln und
zuvorkommend sein. Der Kunde ist nun mal Kö-
nig.«

»Gar kein Problem«, sage ich. »Mit schwieriger
Klientel kenne ich mich aus. Ich bin Psychotherapeutin, da habe ich es häufiger mit speziellen Menschen zu tun.«

So, endlich ist es raus, denke ich und bin auf
Astrids Reaktion gespannt. Aber da kommt nichts.
Stattdessen zeigt sie mir nun die volle Hand,
Punkt fünf.

»Lilith, wir sind hier ein Team, ja, sogar so etwas wie eine Familie. Hier verlässt sich jeder auf
den anderen. Jeder ist hier gleich wichtig. Wenn
du vorher als Psychotherapeutin gearbeitet hast,
warst du vermutlich auf dich alleine gestellt. Das
ist hier anders. Hier kümmert sich jeder um jeden.« Ich nicke nur.

»Gut«, sagt sie, »nun habe ich dir alle Punkte
genannt, die dich dazu bringen könnten, gleich
wieder nach Hause zu fahren. Aber natürlich muss
ich dir auch sagen, dass es für mich die schönste
Arbeit auf der ganzen Welt ist!« Ihre Augen leuchten bei diesen Worten, und ich spüre, dass sie es

genauso meint, wie sie es sagt. Und genau das will ich auch!

»Möchtest du den Hof sehen?«, fragt sie.

»Gerne«, antworte ich und folge ihr über den Flur nach draußen.

Wir stehen mit dem Rücken zur Haustür. »Hier links siehst du unseren Fuhrpark.«

Anschließend geht sie nach rechts in Richtung der Scheune und des Nebengebäudes. Von dort kommen uns Willi sowie zwei Frauen und zwei Männer entgegen. Willi sieht mich und winkt mir zu. *Genau wie auf dem Flyer,* denke ich und grüße alle mit einem freundlichen Hallo.

Jeder von ihnen trägt eine Papiertüte voll mit Obst und Gemüse.

»Jeder kann sich nach einem Markttag eine Kiste mit nach Hause nehmen«, erklärt Astrid.

In der Scheune ist es kühl und trocken. Große Holzkisten mit Obst und Gemüse sind hier in einer Ecke übereinandergestapelt. In einer abgeteilten, offenen Box lagern Kartoffeln. In der Box gegenüber sehe ich noch einige wenige Äpfel.

»Hier siehst du die Ware, die bereits für morgen früh gepackt ist und keiner besonderen Kühlung bedarf. In dem Gebäude nebenan befinden sich einzelne Kühlräume. Hier werden die Lebensmittel gelagert, die empfindlicher sind.«

Ich nicke nur und staune über die Vielfalt und Größe von allem.

Hinter der Scheune schließt das Gewächshaus an. Es ist riesig, und hier sprießen Salate, Karotten, Fenchel und vieles mehr.

Nach dem Rundgang kommen wir wieder in das Büro zurück.

»Und«, fragt Astrid, »was meinst du? Habe ich dich genug mit meinen Argumenten verschreckt, oder kannst du dir vorstellen, hier bei uns und mit uns zu arbeiten?«

»Wann kann ich anfangen?«, frage ich, leicht überschwänglich, wie es bei Dingen, die mir am Herzen liegen, oftmals der Fall ist.

Astrid lächelt erleichtert. »Wie wäre es mit drei Tagen in der Woche? Montag, Mittwoch und Freitag? Was bedeuten würde, dass du gleich am Montag anfängst?«

»Perfekt!«, strahle ich.

Wir klären die vertraglichen Belange, unterschreiben und besiegeln alles mit einem Handschlag.

»Kommst du noch mit in die Küche?«, fragt Astrid anschließend. »Meist sitzen wir nach getaner Arbeit alle kurz beisammen. Ich könnte dir das Team vorstellen.«

»Klar!« Ich bin begeistert, mein Herz galoppiert vor Aufregung.

Wir verlassen das Büro und gelangen über den Flur in den hinteren Teil des Hauses. Rechts befindet sich eine Tür, in deren oberer Hälfte buntes Glas im Licht leuchtet. Die Tür ist nur angelehnt.

Dahinter sehe ich auf der gegenüberliegenden Seite des Raumes das Herzstück eines jeden Hauses: Die Küche!

Kindliche Freude legt sich auf mein Gesicht.

Es ist genau so eine Küche, wie ich sie mir immer erträumt habe. Schränke und Regale sind aus Holz und bunt durcheinandergewürfelt. Die Wände sind bis zur Hälfte mit kleinen einfarbigen Kacheln verkleidet, unterbrochen von einigen mit einem blauen Motiv; mal eine Mühle, dann ein Segelboot und natürlich auch ein windschiefes Häuschen.

Die Arbeitsfläche aus altem, benutztem Marmor zieht sich über alle Flächen und wird nur von einer Stelle für die Spüle unterbrochen.

In der Mitte von all dem thronen Herd und Ofen. Töpfe, Kellen, Siebe und vielerlei mehr hängen am Rand der Abzugshaube herunter. Alles ist blitz und blank.

»Das ist Lilith. Sie wird ab Montag unser Team unterstützen«, holt mich Astrid aus meinen Gedanken zurück.

»Hi«, »Hallo!« und »Herzlich willkommen!«, tönt es von dem riesigen Tisch, der sich links von mir befindet.

Er sieht so einladend aus, dass mir das Wasser im Mund zusammenläuft: Kaffee, Rhabarberkuchen, eine Schüssel mit Sahne und wieder ein wilder Blumenstrauß.

»Setz dich doch«, sagt Astrid, und Willi, der immer noch seinen Blaumann trägt, klopft auf einen freien Stuhl neben sich. »Komm, setz dich.«

Ich lächle und setze mich. Vor Willi steht eine weiße Teekanne mit einem Rosenmuster darauf. Der Geruch von schwarzem Tee und etwas ... Schärferem zieht in meine Nase. Willi sieht meinen fragenden Blick, hebt eine zur Teekanne passende Tasse und prostet mir mit einem verschwörerischen Grinsen zu. »Anstelle der Sahne passt auch ein Schlückchen Rum ganz hervorragend, mien Deern!«

»Sie ist nicht *dein* Mädchen!«, belehrt ihn die Frau zu meiner Linken. »Cleo«, stellt sie sich vor, lächelt und reicht mir ihre Hand.

Ich schätze sie auf Anfang zwanzig, also blutjung. Ihr dunkelbraunes Haar erreicht eben so ihre Schultern. Auf ihrer Nase, die am Ende einen leichten Stups nach oben hat, tummeln sich freche Sommersprossen. Ihre dunklen Augen sehen mich aufgeweckt an.

»Ich studiere Psychologie«, klärt sie mich auf. »Drittes Semester.«

»Wirklich?«, freue ich mich. »Ich bin Psychotherapeutin.«

»Was machst du dann *hier*?«, fragt die Frau neben Cleo. »Ich bin übrigens Andrea.«

»Hallo«, antworte ich. »Ach, ich musste mal raus aus dem Alltagstrott, weg von meinen Klienten!«

»Und weg von einem Mann?!« Andrea nickt wissend.

Ich nicke und ringe um Fassung.

»Florian«, stellt sich da zum Glück der Mann neben Andrea vor. Seine Haare erinnern mich an die Frisur von Bobby Ewing, Dallas, ebenholzbraun und leicht geschwungen. Er dürfte in meinem Alter sein, vielleicht auch schon um die vierzig.

»Meinen Lebensunterhalt verdiene ich mir mit dem Verkauf von Versicherungen. Aber nebenher muss ich etwas mit Dingen machen, die man auch anfassen kann.«

»Was für eine gute Idee!«, platzt es aus mir heraus.

»Ja, das finde ich auch.« Er grinst.

»Und ich bin Jan«, stellt sich der letzte Mann in der Runde vor. Ich schätze ihn auf einen Mittfünfziger. Aber einen sehr sportlichen und sehr gutaussehenden Mittfünfziger.

»Vor Jan musst du dich in Acht nehmen«, klärt mich Cleo auf.

»Muss sie gar nicht«, mault der.

»Doch«, pflichtet Andrea ihr bei, »unser Jan liebt die Frauen! Und zwar alle!«

»Warum auch nicht?« Jan kichert und zwinkert mir zu. Und ich werde, wie sollte es anders sein, tiefdunkelrot.

Da erhebt sich eine samtene Stimme. Irgendetwas zwischen Latte Macchiato und Cappuccino, genau, wie die Hautfarbe des Wesens, von dem die folgenden Worte stammen: »Ich bin Marta«, sagt oder besser haucht die Frau, die zwischen Jan und Astrid sitzt.

»Ohne Marta läuft hier gar nichts«, sagt Astrid. »Sie hilft mir bei der Büroarbeit und ist Herrin der Küche.«

»Und der Jan hätte es gerne, wenn sie auch einmal seine Herrin wäre«, feixt Cleo. Alle prusten los. Auch Marta zeigt ihre perlweißen Zähne. Verstohlen lecke ich über meine Zähne, in der Hoffnung, sie so von jedwedem Belag zu befreien.

So geht es noch eine kurze Weile weiter. Ich fühle mich wohl, pudelwohl! *Teil eines solchen Teams zu sein*, denke ich, *wie großartig ist das denn?*

Allmählich löst sich die Runde auf. Cleo macht den Anfang. »Ich muss los, lernen!« Sie seufzt.

Andrea steht auch auf. »Komm, wir packen deinen Drahtesel in mein Auto. Ich nehme dich mit.«

»Toll!«, freut sich Cleo.

Wir stehen alle auf und gehen nach draußen.

»Soll ich noch beim Abräumen helfen?«, fragt Marta.

»Nein«, antwortet Astrid, »das machen der Willi und ich. Nicht wahr, mein Guter?« Willi schwankt leicht. Es war wohl doch ein größeres Schlückchen Rum im Tee.

»Dann fahre ich mit dir«, sagt Jan und zwängt sich neben Marta in ihren Mini. Sein Kopf stößt an die Decke. Sie brausen davon.

Florian hilft, Cleos Fahrrad in Andreas Kombi zu verstauen. Anschließend fahren sie zu dritt vom Hof.

Zurück bleiben Astrid, Willi und ich.

»Willi wohnt bei mir«, erklärt Astrid. »Schon seit Ewigkeiten. Irgendwann ist er nicht mehr weggegangen.« Und da Willi etwas mehr schwankt, sagt sie: »Leg dich doch ein wenig hin.«

»Mach ich«, sagt er. «Tschüs, mien Deern, und bis Montag. Und, ach ja, nimm dir am besten nichts Wichtiges für den Dienstag vor.« Ein leicht freches Kichern begleitet ihn, während er im Haus verschwindet.

»Was meint er damit?«, frage ich Astrid.

Die lacht. »Na ja, wenn man die Arbeit nicht gewohnt ist, kann es sein, dass dein Körper am nächsten Tag etwas Erholung braucht.«

»Ok«, antworte ich. Mehr weiß ich darauf nicht zu sagen. »Dann fahre ich jetzt los!«

»Ja, mach´s gut und bis Montag, 3.30 Uhr.«

Ich sitze bereits auf meiner Trude und ziehe den Helm auf. »Ja, bis Montag«, nicke ich freudig, starte den Roller und verlasse den Hof.

# Kapitel 7 – Markttag

Montagmorgen. Es ist früh! Sehr früh! Unfassbar früh! Um genau zu sein, ist es 3.00 Uhr, am MORGEN. Oder besser: Mitten in der Nacht!

Trude und ich tuckern gerade aus der Stadt, und ich frage mich, warum ich mir das eigentlich alles antue?

Job-Sabbatical! Pah, war es nicht Esra, die mich dazu überredet hat?

Ich könnte noch schön gemütlich in meinem neuen, kuscheligen Bett liegen und vor mich hinträumen. Später, sehr viel später, würden Trude und ich in die Praxis fahren. Ich würde mir die Geschichten und Probleme meiner Klienten anhören und mit ihnen gemeinsam nach Lösungen suchen. Und das alles in einem hellen und trockenen Raum.

Stattdessen ruckeln Trude und ich über die dämmrige Landstraße. Der Sonnenaufgang ist nur zu erahnen. Dafür erschwert durchgängiger Nieselregen die Sicht.

*Nein, Lilith! Reiß dich zusammen!*, rufe ich mich zur Ordnung, während ich nach links in die Nebenstraße Richtung Biohof Weiden abbiege.

Am Freitag waren Wiesen und Felder noch voller Leben. Insekten tummelten sich auf bunten Blüten und zwischen Grashalmen. Jetzt dagegen breitet sich das Land mucksmäuschenstill und trübe vor mir aus.

Vollkommen anders wird es, als ich auf den Hof fahre. Vier riesige Strahler leuchten jeweils von Carport, Haupthaus, Scheune und Nebengebäude und erhellen den gesamten Innenhof. Im Schein des Lichts herrscht rege Betriebsamkeit. Von den frühen Morgenstunden ist nichts zu merken.

Der Transporter steht vor der Scheune. Andreas Kombi parkt vor dem Carport. Cleos Drahtesel lehnt gegen einen Pfeiler. Der LKW ist nicht da.

Cleo und Florian, die gerade einen Rollcontainer mit vollgeladenen und gestapelten Kisten aus der Scheune rollen, winken mir zu.

»Guten Morgen!«, ruft Cleo fröhlich, während Florian eher meiner Gemütsfassung ähnelt, nämlich hundemüde. Aber auch er ringt sich ein Lächeln ab.

Ich höre ein Knattern hinter mit. Martas Mini fährt auf den Hof. Auf dem Beifahrersitz erkenne ich Jan.

»Hat er es etwa geschafft?« Cleo bekommt den Mund nicht mehr zu.

»Nein, hat er nicht«, brummt Jan, der sich gerade aus dem Auto schiebt.

»Na, dann ist ja gut!« Cleo klingt erleichtert. Florian und ich lachen auf. Martas weiße Zähne blitzen vergnügt.

Cleo und Florian laden die Kisten von den Rollis in den Transporter. Marta, Jan und ich gehen in die Scheune.

Auch hier erhellen Strahler den Raum. Astrid und Andrea nicken uns kurz zu, und schon bin ich mittendrin: Verpacke Obst und Gemüse in Kisten und staple sie auf Rollis. Cleo und Florian bringen die fertig beladenen Rollis zum Transporter. Und so weiter und so fort.

Das Ganze geht so lange, bis die Scheune beinahe leer und der Transporter voll ist. Astrid und ich holen noch die leichtverderbliche Ware aus dem Kühlraum des Nebengebäudes. Dann sind wir abfahrbereit.

Ich atme durch und strecke mich. Der Nieselregen hat aufgehört, und eine feurig rote Sonne schiebt sich im Osten den Himmel empor. *Eine Marssonne,* denke ich und lasse die unbändige Kraft in mir wirken.

»Was für ein schöner Anblick!«, sagt Andrea, die neben mir steht.

»Ja, wirklich wunderschön.«

Eine kleine Weile stehen wir einfach so da und lassen uns von den morgendlichen Strahlen bescheinen.

»Nun aber auf!«, unterbricht Astrid unseren Moment der Ruhe. »Willi ist bereits mit dem LKW und den Sachen vom Großhandel auf dem Markt.«

Flugs setzt wieder die vorherige Betriebsamkeit ein, und wir verteilen uns auf die Gefährte.

Nur Marta bleibt vor der Tür zum Hauptgebäude stehen und winkt uns zum Abschied.

»Sie erledigt jetzt die Büroarbeit. Buchhaltung, Anrufe entgegennehmen, Rechnungen bezahlen. Einfach alles, was anfällt«, klärt Cleo mich auf.

Ich nicke, bin aber schon ganz woanders. Die alte Aufgeregtheit kehrt zurück: mein erster Tag auf dem Markt.

Punkt sechs kommen wir auf dem Markt an. Auf unserem, Volkers und meinem. Ein heftiger Stich durchfährt mein Herz. *Nein, Lilith!*, erinnere ich mich sanft aber bestimmt. *Es ist jetzt der Markt, auf dem du ab heute arbeiten wirst!*

Der Biohof Weiden hat eine sehr große Fläche. Und den Platz benötigen wir auch!

Willi, der uns mit den Worten »Moin, das wird aber auch Zeit!« mäßig freundlich begrüßt, hat bereits mit dem Aufbau des Marktstandes begonnen. Planen, Bretter und Eisenstangen liegen fein säuberlich auf dem Boden verteilt. Wir alle packen mit an, und im Nu steht der Marktstand bestückt mit der frischen und leuchtenden Ware fix und fertig da.

Florian erklärt mir das Kassen-Waage-Gerät, und Astrid macht den Vorschlag, dass ich erst einmal nur zuschaue und bei Bedarf die anderen unterstütze.

Dann ist es auch schon kurz vor acht, und die erste Kundschaft tröpfelt auf den Markt.

Es ist eine Freude, meinem Team bei der Arbeit zuzusehen! Jeder von ihnen geht mit seiner ganz eigenen Art auf die Kunden zu, immer freundlich, immer hilfsbereit. Nur Willis Art ist eher so ... friesisch herb. Aber egal, die Kunden lieben ihn. Manche warten extra, um sich von ihm bedienen zu lassen.

Es gibt nur wenige Griesgrame unter ihnen, die Freundlichen überwiegen zum Glück. Es wird viel gelacht und gescherzt, verpackt, gewogen und Geld gewechselt.

Die Zeit vergeht so wahnsinnig schnell. Ohne es wirklich zu bemerken, habe ich meine ersten Kunden bedient. *Alles ist im Fluss*, denke ich.

In einer kurzen Pause schlendere ich über den Markt und sehe ihn mit ganz anderen Augen. Ich erkenne die Mühe und die Anstrengung, aber auch die Leidenschaft, die man unbedingt für diese Arbeit benötigt.

Als ich meine Runde beendet habe, stehe ich vor Carlos′ Käsewagen, der neben unserem Stand steht.

»Lilith«, sagt er, und seine italienischen Augen leuchten, »was kann ich für dich tun?« Ich kaufe etwas Käse ein, bezahle und sage: »Wir sind jetzt übrigens Kollegen!« Ich zeige stolz auf meine Schürze: »Biohof Weiden« prangt dort in gelben Buchstaben auf dunkelgrünem Untergrund.

»Aber ...!« Verdutzt schaut er mir hinterher, während ich mich flink zwischen den Ständen hindurchschiebe.

Neugierig öffnet er die Seitentür seines Wagens. Ich winke und wende mich einer Kundin zu. Aus den Augenwinkeln heraus sehe ich, wie er mich angrinst und einen Daumen hebt.

\*\*\*

Kurz vor zwei Uhr klatscht Astrid in die Hände. »Gleich haben wir es geschafft, ihr Lieben. Dann geht´s ans Einpacken.«

»Und? Wie findest du es bisher?«, fragt Cleo, die ihr Haar zu einem Pferdeschwanz gebunden hat. Eine Strähne hat sich gelöst und kitzelt sie im Auge. Ich strahle über das ganze Gesicht, was ihr als Antwort ausreicht.

Wir beginnen damit, die übrige Ware zu verpacken, als eine weibliche, gepresste Stimme unser Tun unterbricht: »Ich hätte gerne eine gelbe Paprika und fünf Tomaten.«

Ich blicke hoch und zucke zusammen. Dort steht eine rotgesichtige und deutlich erkennbar schwangere Eva, deren Augenbrauen bedrohlich nah zusammengerückt sind. Mit einer Hand stützt sie ihren Rücken, in der anderen hält sie eine Einkaufsliste. Hinter ihr steht Volker, MEIN Volker und trägt den Einkaufskorb.

Ich weiß, ich hätte darauf vorbereitet sein müssen. Aber ich bin es nicht. Er sieht mich, und eine gefühlte Ewigkeit starren wir uns an. Eva bekommt von all dem nichts mit. Stattdessen wiederholt sie spitz: »Eine gelbe Paprika und fünf Tomaten, wäre das bitte noch möglich?«

Jan erkennt die Situation und schiebt mich zur Seite. »Aber selbstverständlich, schöne Frau!« Und schon ist er dabei, das Gewünschte zu wiegen und zu verpacken.

»Du hier?«, fragt Volker mich leise. Er stellt sich etwas weg von Eva und näher an den Stand.

»Ich, ich …«, stottere ich und ärgere mich maßlos über mich selber. *Los, Lilith!*, mache ich mir Mut. *Jetzt keine Blöße geben!*

»Ich«, starte ich erneut, dies nun mit deutlich festerer Stimme und geradem Rücken, »arbeite hier.« Kurz und knapp, das muss reichen. Ich bin ihm ja schließlich keine Rechenschaft schuldig. Und bevor er weiter fragen kann, stößt Eva ihn in die Rippen.

»Volker, Bärchen, ich bin hier fertig. Wir müssen noch zum Käsestand. Zu diesem aufdringlichen Italiener.« Sie reicht ihm die Einkäufe, wirft mir einen sehr kurzen, aber dafür umso schärferen Blick zu und zieht ihr *Bärchen* zu Carlos´ Käsewagen.

»Die hatte ja eine ätzende Stimme«, sagt Cleo, als die beiden außer Hörweite sind.

»Ja«, stimmt Florian ihr zu, »und unter ihrer Fuchtel hat sie ihr *Bärchen* auch!«

»War das DER Mann, wegen dem du ...?«, fragt Andrea sanft und legt mir eine Hand auf meine Schulter. Ich schaffe es, zu nicken und schniefe.

»Torfkopf, der!« Willi schüttelt seinen Kopf, dass die eisgraue Mähne nur so fliegt.

Ich seufze und linse verstohlen zum Käsewagen. Und genau in diesem Moment sieht auch Volker zu mir, und unsere Blicke treffen sich. Es ist, als ob er mir sagen möchte: »Ich bin dein Volker! Hol mich hier raus!«

Und ich bin ganz kurz davor, diesem Impuls zu folgen und meinen Volker zu retten, als Willi mich anraunzt: »Der Kerl ist es nicht wert! Komm, hilf uns lieber!«

Meine Schultern sacken nach unten, und ich nicke ergeben.

# Kapitel 8 – Der Tag danach

Dienstag! Der Tag danach! Es geht mir nicht gut. Nein, es geht mir gar nicht gut!

Ich liege auf meinem Bett, platt wie die sprichwörtliche Flunder. Nur mein Kopf wird durch ein Kissen leicht erhöht, damit ich einen besseren Blick auf meinen Laptop habe. Ich lese gerade, wie viele Knochen und Muskeln der menschliche Körper hat. Es sollen um die 206 Knochen und 656 Muskeln sein. Ich bin mir sicher, dass ich jeweils zwei oder drei mehr davon habe. Und sie tun alle weh!

Ich hebe meinen Arm, um zum Ende des Artikels zu scrollen. Ein gequältes Stöhnen entfleucht meiner Kehle. Der Schmerz zieht sich von meiner Schulter bis in den Unterarm.

Ich hätte gestern Abend doch noch eine heiße Dusche nehmen sollen.

Aber zwei Dinge haben mich davon abgehalten. Erstens: Meine unverzeihliche Ignoranz! Ich bin zwar nicht herausragend sportlich, würde mich aber als überdurchschnittlich fit bezeichnen. Zumindest bis jetzt.

Der andere Grund, warum ich die heiße Dusche missachtet habe, heißt Volker. Das Zusammentreffen auf dem Markt hatte mir doch deutlich mehr zugesetzt, als ich mir zuvor eingestehen wollte. Kaum zu Hause angekommen, habe ich mich umgehend mit einer Tasse Tee auf dem Sofa eingekuschelt und bin in eine tiefe Volker-Trauer gefallen.

Beinahe hätte ich ihm sogar eine SMS geschrieben. Also, verfasst hatte ich sie ehrlich gesagt schon. Er könne jederzeit zu mir zurückkehren. Ich hätte doch in seinem Blick die gleiche Sehnsucht erkannt, die ich selber auch noch in mir trüge. Ich hätte das Leid in seinen Augen gesehen und die Verbindung zwischen uns gespürt. Wir würden doch sicherlich wieder alles genauso hinbekommen, wie es vorher gewesen war. Nein, sogar besser!

*Hätte* und *würde*! Zum Glück sah ich Esras verächtliche Miene vor meinem inneren Auge und habe die Nachricht gleich wieder gelöscht.


Meine Blase drückt. Verflixt! Ich werde aufstehen und auf die Toilette gehen müssen. Ich wälze mich umständlich aus dem Bett und watschele ins Badezimmer. Ich hebe den Toilettendeckel und setze mich behutsam und unter schmerzhaftem Protest meiner Oberschenkelmuskulatur auf die

Brille. Schon graut es mir vor dem Moment, wenn ich mich wieder erheben muss.

Mühsam hieve ich mich nach oben. *Vielleicht, überlege ich, sollte ich vorsichtshalber rechts und links eine Stange neben der Toilette anbringen lassen. Als Vorsorge für das Alter. Oder für den nächsten Tag danach.*

Unterbrochen werden meine Gedankengänge von dem Klingeln an der Haustür.

»Du hast doch einen Schlüssel!«, krächze ich, als es gleich darauf ein zweites Mal klingelt, und das deutlich energischer. Ich bewege mich in Richtung Flur, um Esra in Empfang zu nehmen. Wir sind für heute Morgen zum Frühstück verabredet.

In der Küche treffen meine Freundin und ich aufeinander.

»Was ist denn mit dir los?«, fragt Esra und stellt eine Tüte voll köstlich duftender Brötchen auf der Arbeitsfläche ab.

»Schlimmster Muskelkater überhaupt, spüre alle Knochen und Muskeln und … Volker« stöhne ich und vermeide es, Esra direkt anzuschauen. Aus dem Augenwinkel heraus sehe ich, dass sie mich scharf mustert. Sie sagt aber nichts weiter, sondern öffnet stattdessen die Kühlschranktür.

»Wow, das sieht ja toll hier drin aus!« Sie klingt ehrlich begeistert.

»Alles vom Markt gestern. Obst und Gemüse sind natürlich vom Biohof Weiden!« Stolz schwingt in meiner Stimme mit, als ob mir persönlich der Hof gehören würde.

Esra holt alles hervor, was sie im Kühlschrank findet, und deckt den Tisch. Meine Aufgabe ist es, Kaffee für sie und Tee für mich zu kochen und Orangensaft auf zwei Gläser zu verteilen.

»Um 12.00 Uhr muss ich aber wieder los!« Esra schnappt sich ein Brötchen. »Meeting! Du hast also«, sie schaut auf die Uhr, die über der Küchentür hängt, »knappe zwei Stunden Zeit, mir alles zu erzählen.«

Ich schaffe es schneller und beende meinen Bericht schließlich mit den Worten: »Und als wir zurück auf dem Hof waren und alles aus- und weggepackt hatten, gab es noch Kaffee und Kuchen. Martas Kuchen sind wirklich die Besten!«, schwärme ich. »Und danach ging´s auf Trude wieder nach Hause. Es war einfach toll, Esra! Ich habe mich so wohl gefühlt. Na ja, bis heute Morgen. Der Muskelkater ist wirklich fürchterlich. Aber das wird schon.«

Ich lächle sie breit an. Wir beide wissen, dass das noch nicht alles war. Unvorsichtigerweise ist mir bei unserer Begrüßung ja der Name »Volker« entschlüpft.

Und da kommt es auch schon: »Und was war das mit Volker?« Ihre dunklen Augen beobachten mich wachsam.

»Ja, also, so kurz vor Marktende, ..., hm«, druckse ich herum.

»... kommt er an deinen Stand, richtig?« Sie kennt wirklich kein Erbarmen.

Ich nicke und berichte ihr von dem gestrigen Aufeinandertreffen mit Volker und Eva.

»Er sah ganz traurig aus. Wirklich! Richtig sehnsuchtsvoll hat er mich angeschaut. So, als ob er mich noch liebt und es bereut, in die Arme dieser Eva-Schlange gelaufen zu sein!« Ich verschweige wohlweislich, dass ich ihm beinahe sogar noch eine SMS geschickt hätte.

Aber Esra kennt mich einfach schon zu lange und fragt mit zusammengezogenen Augenbrauen: »Und? Wie ich dich kenne, hast du doch irgendeinen Blödsinn gemacht. Etwa so etwas, wie ihm anzubieten, dass er wieder zu dir zurückkommen kann.«

»Nein«, widerspreche ich höchst energisch. »Das habe ich nicht.« Habe ich ja auch nicht. »Aber meinst du nicht ...«, versuche ich einzuwenden.

»Nein, meine ich nicht!«, fährt mir meine Freundin über den Mund. »Er wollte gehen, Lilith! Volker hat es komplett gemacht. Das ist ja sonst eigentlich so gar nicht seine Art. Er hat sogar eine andere Frau geschwängert, Lilith! Was brauchst du denn noch?«

»Ich weiß, ich weiß.« Ich nicke müde. »Er will mich nicht mehr.«

Esra sieht mich zärtlich an und streicht durch meine Locken. »Tut mir leid, Süße.«

»Alles gut«, vertreibe ich die aufkommende Traurigkeit vom Frühstückstisch. »Es geht schon wieder.« Und ich bemühe mich um ein Lächeln.

»Sehr schön!« Esra klatscht freudig in die Hände. »Dann können wir ja zum nächsten Punkt kommen, der Partnersuche.«

Ich nippe gerade an meinem Tee und verschlucke mich heftig. Nachdem mein Husten nachgelassen hat, frage ich: »Partnersuche?«, und dehne dabei das Wort, als ob ich dadurch seine Bedeutung besser verstehen könnte.

»Ja, genau!«, ist ihre lässige Antwort.

»Geliebte Esra«, beginne ich, bemüht, meine Stimme fest im Griff zu haben, »ich habe mich gerade erst von Volker getrennt, beziehungsweise er sich von mir.« Tapfer schlucke ich die aufsteigenden Tränen hinunter. »Ich befinde mich noch im Trauerprozess, in einer der fünf Phasen.« Ich beginne, sie an einer Hand aufzuzählen: »Erstens, das Leugnen, zweitens, der Zorn, drittens, ...«, weiter komme ich nicht.

»Jaja, ich weiß, drittens Verhandeln, viertens Depression und fünftens Akzeptanz. Ich kenne sie in- und auswendig. Du hast sie mir immer und immer wieder während deines Studiums aufgezählt.« Sie rollt doch etwas übertrieben mit den Augen. »Wir gehen jetzt einfach einmal davon aus, dass du das fünfte Level hinter dir gelassen hast und kommen jetzt zu den folgenden Phasen: Lage, Ziele, Maßnahmen!«

Ich schnappe beleidigt nach Luft und verschränke die Arme vor meiner Brust.

»Lage, Ziele, Maßnahmen?«, blaffe ich sie an. »Mein Herz ist in tausend Teile zerbrochen!«

Sie seufzt. »Ja, Lilith, das weiß ich doch. Aber gebrochene Herzen heilen nicht, wenn wir uns nur mit dem Schmerz beschäftigen. Ein wenig Freude,

Spaß, Leichtigkeit, Ablenkung, das alles ist auch sehr, sehr wichtig.«

Skeptisch sehe ich sie an. Ich ahne es, sie hat ihr Lebensmotto: *Lage, Ziele Maßnahmen* auf mich übertragen und ist bereits bei den Maßnahmen gelandet. Ich muss wachsam sein. Wie eine Katze lauere ich auf die folgenden Worte.

»Ich finde es wichtig, dass du nun den nächsten Schritt machst«, beginnt sie zu dozieren. »Deine Wohnung ist entvolkert, und du hast dich für unbestimmte Zeit von deinem beruflichen Alltag gelöst. So ist der nächste logische Schritt die Partnersuche.«

Es klingt immer alles absolut verständlich, wenn Esra etwas erklärt. Die Dinge scheinen sich wie selbstverständlich aneinanderzureihen. Ich bleibe vorsichtig und warte ab.

»Ich habe mir überlegt«, fährt sie fort, »dass du bei so einem Speed-Dating mitmachen solltest. Ich habe das jetzt schon ein paar Mal im Fernsehen gesehen und finde, dass es eine vollkommen effiziente Art ist, einen möglichen Partner kennenzulernen.« Ohne Luft zu holen redet sie weiter. »Und, was für ein Glück: kommenden Samstag um 17.00 Uhr findet so ein Speed-Dating im Ocean´s Motel statt. Und: Du bist angemeldet.«

Mit einem strahlenden Siegerlächeln sieht sie mich an. Ich starre zurück. Es ist, als ob sich meine Luftröhre bedenklich verengt hat und ich deswegen nur noch flüstern kann.

»Speed-Dating? Samstag? Angemeldet? Ja, bist du denn total verrückt?«

Esra wartet ab, und ich poltere gleich weiter: »Was hast du dir nur dabei gedacht? Auf gar keinen Fall gehe ich dahin!«

»Ach, komm schon, Lilith!« Esra steht auf. »Das wird bestimmt ein Spaß. Mal wieder etwas aufhübschen, neue Leute kennenlernen und wer weiß? Vielleicht ist ja sogar jemand Passendes dabei?«

Sie trinkt im Stehen den Kaffee aus. »Ich muss dann jetzt auch los. Ich kann dich doch hiermit alleine lassen?« Sie zeigt auf den Frühstückstisch und verschwindet eilig in den Flur. An der Haustür hole ich sie ein.

»Ich gehe da auf gar keinen Fall hin!«

Esra grinst mich an, sie hat wieder Oberwasser. »Also, Süße. Ich muss jetzt wirklich los. Ich bin dann Samstag so gegen 14.00 Uhr bei dir. Wir müssen ja noch sehen, was du anziehst, nicht

wahr?« Sie haucht ein Küsschen in meine Richtung, und schon ist sie weg.

Wütend stampfe ich mit einem Bein auf. »Auf
gar keinen Fall gehe ich zu diesem Dating-Ding!«,
schimpfe ich hinter ihr her und werfe die Tür ins
Schloss.

# Kapitel 9 – Speed-Dating

E s ist der kommende Samstag, Punkt 15.00 Uhr. Esra und ich sitzen vor dem geöffneten Kleiderschrank auf dem Bett und starren auf meine Bestände.

Ich gehe zu diesem Speed-Dating-Ding. Natürlich. Denn, wie Esra bei jedem unserer Telefonate oder SMS-Wechsel in der vergangenen Woche nicht müde wurde zu betonen, habe ich ja nichts zu verlieren. Außer meiner Würde und meinem Stolz. Aber wer fragt schon danach?

Gestern war mein dritter Markttag, und ich kann stolz berichten, dass meine Abläufe, mein Handeln, mein Umgang mit den Kunden immer selbstverständlicher werden. Auch meine Knochen und Muskeln haben sich mit der körperlichen Arbeit abgefunden. Alles fühlt sich rund an. Bis auf das sehr frühe Aufstehen! Das ist noch sehr eckig.

Aber heute ist das alles nicht wichtig. Mein Magen rumort. Ich bin nervös.

»Wie konnte ich mich nur von dir dazu überreden lassen?«, jammere ich verzweifelt, stehe auf und ziehe wahllos ein Kleid aus dem Schrank hervor.

»Doch kein Schwarz!« Esra springt auf. »Denk daran, kurzes Treffen, erster Eindruck. Was willst du aussagen?« Die Antwort schiebt sie gleich selbst hinterher: »Du musst locker, leicht, unverbindlich erscheinen. Selbstbewusst. Gewürzt mit einem Hauch Interesse. Natürlich nur, wenn du denn welches hast.«

*Natürlich*, denke ich und stöhne auf. »Locker, leicht und gewürzt mit einer Portion *je ne sais quoi*«, sage ich ironisch.

Meine Freundin überhört die Ironie in meiner Stimme. »Ganz genau, mit dem gewissen Etwas«, murmelt sie, angelt drei Kleidungsstücke aus den Untiefen des Kleiderfundus´ und hält sie mir freudig entgegen.

»Da, das ist perfekt! Jeans, Blazer, Bluse. Bei der Bluse ein Knöpfchen weiter auflassen, eventuell die Ärmel des Blazers locker nach oben gekrempelt, voilà!« Dann wird sie nachdenklich und tippt mit ihrem Zeigefinger gegen ihre Lippen, die Stirn ist in Falten gezogen.

»Sneakers oder Pumps? Oder doch lieber Stiefeletten?« Die Fragen nach meinem möglichen Schuhwerk klingen, als ob es darum ginge, die richtige Entscheidung bezüglich des Weltfriedens zu treffen.

Plötzlich rennt sie los, und eine Zehntelsekunde später höre ich die Türen des Schuhschranks im Flur klappern. Ich bin auf das Ergebnis sehr gespannt. Was werde ich wohl tragen?

Und da sind sie auch schon! Triumphierend hält sie ein Paar weißer Sneaker in ihren Händen.

»Weiß, edel, schick und sportlich.«

»Also gut!« Ich ergebe mich und ziehe Jeans, Blazer und Bluse an und schlüpfe in die Turnschuhe.

»Dass du mich ja danach anrufst!«, ruft sie mir noch hinterher, als ich mit Trude in Richtung Innenstadt tuckere.

*** 

Um kurz vor 17.00 Uhr stelle ich den Roller auf dem Parkplatz des Ocean's Motels ab und hänge den Helm an den Lenker.

Dann straffe ich die Schulter und wende mich in Richtung Eingang.

Das Ocean's gehört zu einer jener hippen, neuen Hotelketten, die versuchen, Funktionalität, Moderne und Gemütlichkeit zu mischen. Und ich frage mich, wem ist das jemals wirklich gelungen? Den Erschaffern des Ocean's in keinem Fall.

Ich betrete das Motel, und außen wie innen umfängt mich alles in einer Komposition aus hellem Schleimgrün und kaltem Greige. Die unechten Orchideen in hohen, eckigen Kästen dürfen natürlich nicht fehlen.

*So sieht es bei meinem Zahnarzt auch aus*, überlege ich, und der Gedanke an Flucht schiebt sich zum x-ten Mal in mein Bewusstsein.

Speed-Dating, Männer treffen, pffhhhh. *Lilith, noch sind die Tore nicht verschlossen! Fliehe, solange du es noch kannst!*

Esra könnte ich einfach erzählen, dass kein passender Mann dabei war. Wirklich schade, aber danke für deine liebgemeinte Unterstützung, meine weltbeste Freundin.

Nein, das geht nicht! Esra sieht und hört mir sofort an, wenn ich sie beschwindle. Und zwar schon bevor ich den Mund aufmache.

Also steuere ich widerwillig auf die Rezeption zu, die die kleine Person dahinter beinahe vollkommen verdeckt.

Bevor ich den Tresen erreiche, läuft mir jemand in die Seite. Ich möchte gerade zu einer höflichen Entschuldigung ansetzen, als mich ein tiefer, männlicher Bass anblafft: »He, passen Sie doch auf!«

Ich reagiere angemessen und zetere zurück: »Passen Sie doch selber auf!« Ich muss hochschauen, was bedeutet, dass der Mann da vor mir mindestens 1 Meter 85 sein muss, wenn nicht größer. Bei meiner Größe kann ich das sehr gut abschätzen. *Oh, nein! Das nicht auch noch*, denke ich und blicke in warme, bernsteinfarbene Augen. Der Kopf wird von etwas zu langem, leicht welligem, dunklem Haar eingerahmt, durch das ich dringend streichen möchte.

»Was ist?«, holt mich der Bass aus meinen Tagträumen. Etwas verunsichert hört er sich an, wahrscheinlich ob meiner Musterung. Ich kichere. *Von mir aus brauche ich das Speed-Dating nicht mehr,* denke ich, werde aber schnell aus meinen romantischen Phantasien geholt.

»Ich möchte *bitte* zur Rezeption, wenn das in Ordnung wäre.« Jetzt hört sich die Stimme gar nicht mehr verunsichert an, eher genervt, und meine rosawolkigen Zukunftsträume verpuffen explosionsartig.

»Ist ja gut, *bitte* schön!« Mit einer Hand weise ich ihm ausladend freies Geleit zu dem Persönchen hinter der Rezeption.

Ohne ein weiteres Wort stürmt er an mir vorbei.

»Ben«, stellt er sich der kleinen, blassen und sehr gelangweilt aussehenden Frau hinter dem Tresen vor.

»Sind sie wegen des Speed-Datings hier?« Ihre Stimme klingt nölig und dank des Kaugummis in ihrem Mund leicht verklebt.

Hektisch dreht Ben seinen Kopf in alle Richtungen und sagt leise, als er sich wieder nach vorne wendet: »Ja, genau.«

Die Mausfrau (ich finde, so muss sie einfach heißen) unterbricht kurzzeitig ihr Kaugummikauen. »Dort finden Sie Ihr Namensschild.« Sie zeigt mit einem ihrer dünnen Ärmchen auf einen Tisch, der neben dem Tresen steht. »Die Veranstaltung findet dort hinten statt.« Sie nickt zu einer Tür, die sich gegenüber von uns befindet. Groß und unübersehbar darüber prangt ein Schild mit den Worten »Speed-Dating!«

Ben sagt nichts weiter, geht zu den Namensschildern, fischt sich eines der letzten beiden (das allerletzte wird dann wohl meines sein) und flieht durch besagte Tür.

Ich seufze und wende mich der Mausfrau zu. Mittlerweile hat sie ihr Kaugummigeknatsche wieder aufgenommen.

»Lilith Dom, Speed-Dating! Und danke, ich weiß bereits Bescheid.« Erhobenen Hauptes schnappe ich mir mein Namensschild und schreite davon. Die Mausfrau ruft mir hinterher: »Keine Nachnamen, Lilith! Vergessen Sie nicht, keine Nachnamen!«

Mist, stimmt, sie hat recht. Das hatte mir Esra noch gesagt. Damit die Anonymität gewährleistet ist, sollen wir uns nur und ausschließlich mit unseren Vornamen vorstellen.

*Egal, was soll´s,* denke ich und betrete den Raum meines zukünftigen Schicksals. Er ist groß und hat den Charme einer Kantine. Wahrscheinlich der Frühstücksraum. Seine Farbgestaltung ist, wie sollte es anders sein, schleimgrün und hellgrau.

Von der lauschigen Atmosphäre, die der Anbieter laut Esra verspricht, spüre ich rein gar nichts.

Tische und Stühle sind an die Wände gerückt worden. Einzig das, was für die Veranstaltung gebraucht wird, steht kreisförmig mitten im Raum.

*Raum d´amour* nenne ich ihn heimlich und verziehe den Mund zu einem bösen Grinsen. Selten habe ich etwas gesehen, das so weit weg von Behaglichkeit oder gar Romantik war. Esra würde es bestimmt gefallen. Auch die winzigen Blumensträuße in den hellgrünen (!) Vasen machen es nicht besser. Ich schaue genauer hin, ach ja, natürlich, Plastik.

Mein Blick schweift weiter über die Tische, an denen jeweils eine Frau und ein Mann ihren Platz gefunden haben. Bevor ich den Mann entdecke, der einsam an seinem Tisch wartet und zu dem ich mich folglich setzen darf, kommt eine zierliche, weißblond gefärbte Frau in den Raum geklackert. Ich weiß immer nicht, ob ich Bewunderung oder Mitgefühl für Frauen aufbringen soll, die ihre armen Füße so sehr kasteien und sie in diese hohen Mordwaffen zwängen. Alter? Schwer zu schätzen, zu viel Schminke. Vielleicht mittelalt?

Sie stakst an mir vorbei, wirft mir einen tadelnden Blick zu und stellt sich mitten in das Tischrund. Mit einem angedeuteten Lächeln breitet sie die Arme auseinander und flötet: »Einen wunderbaren guten Tag wünsche ich Ihnen. Ich bin Vera Weber und darf Sie im Namen des Ocean´s Motels und seiner Crew zu unserem heutigen Speed-Dating herzlich willkommen heißen!

Leider sind wir etwas spät dran, deswegen ...«, wieder fällt ihr Blick ungnädig auf mich, »husch, husch, zu Ihrem Platz!« Sie wedelt mit ihren Armen zu dem einzig frauenlosen Tisch. Ich bewege mich betont lässig auf Mann und Tisch zu. Die Art von Vera Weber geht mir mächtig gegen den Strich. Außerdem soll ja keiner merken, wie aufgeregt, nein, wie ängstlich ich bin. Wenig hilfreich ist es auch, dass ich die Blicke aller Teilnehmer in meinem Nacken spüren kann. Wie früher in der Schule, wenn man es nicht geschafft hatte, sich im Matheunterricht klein genug zu machen, der Lehrer die Angst förmlich roch und man die Hausaufgaben an der Tafel erklären durfte. Die Aufgaben, die ich natürlich meist nicht gemacht hatte. Mathe halt.

Wie damals gehe ich tapfer meinem Verderben entgegen, gerate allerdings ins Stocken, als ich sehe, wer mich da an dem Tisch erwartet: Ben, natürlich! Verflixt, muss das sein?

Ich werfe ihm ein, wie ich hoffe, offenes Lächeln zu und setze mich auf den freien Stuhl.

»So«, höre ich auch schon Veras aufgekratzte Stimme, »dann können wir ja endlich anfangen!«

Sie reibt sich ihre Hände. »Noch einmal Willkommen zu unserer *Veranstaltung d´amour*.«

Ich muss auflachen, kann mich aber zum Glück in einen Hustenanfall retten. Hat sie das wirklich gesagt? *Veranstaltung d´amour*? Wo ist Esra, wenn man sie braucht? Wieder ernte ich eine hochgezogene Augenbraue von Miss d´amour. Unbeirrt redet sie weiter: »Gerade in der heutigen Zeit, in der Schlagworte wie Social-Media, Parship, Facebook und Tinder ...«, sie zieht das letzte Wort unnötig in die Länge, zwinkert vertraulich in die Runde und kichert hinter vorgehaltener Hand. Sie findet keinen Verbündeten unter den Teilnehmern. Stattdessen revanchiere ich mich und ziehe meine rechte Augenbraue gespielt genervt in die Höhe, als sie mich ansieht.

Vera lässt sich nicht aus der Ruhe bringen und fährt ungerührt fort: »Wie auch immer, auf jeden Fall bestimmen sie unseren Zeitgeist. Und so fällt es einigen, wenn nicht gar vielen von uns schwer, in den persönlichen Kontakt mit anderen Menschen zu treten. Vor allem denjenigen unter uns, die auch schon etwas älter sind.«

Ein empörtes Hüsteln brandet auf, und ich schaue mich um. Meine Leidensgenossinnen und – genossen – ich zähle 13 Tische à zwei Personen – sind zwischen Anfang 30 bis etwas über 50, so vermute ich. Und eine der etwas über 50-Jährigen wirft Vera einen bitterbösen Blick zu. Der aber perlt an dem weißblonden Racheengel wie ein Tropfen Wasser an einem Stück Butter ab.

»Aus diesem Grund möchte das Ocean's Motel Ihnen heute die Gelegenheit geben, hier bei uns neue, *persönliche* Kontakte zu knüpfen. Und wer weiß?« Augenklimpern seitens unseres weiblichen Amors. »Wer weiß, vielleicht findet die eine oder der andere sogar den Partner für's Leben!«

Sie klatscht in ihre Hände. Ja wirklich! Und ich frage mich, wieviel Geld Esra für diese Farce bezahlt hat. Damit hätten wir uns sicherlich einen schönen Abend machen können.

»Deswegen«, schließt Vera Weber endlich ihren Monolog, »hat jeder und natürlich auch jede von Ihnen jetzt die Gelegenheit, sich in sieben Minuten einen Eindruck von seinem oder ihrem Gegenüber zu machen.«

Ich hebe meinen Arm, da ich gerne vorher noch einmal flugs auf die Toilette gehen würde. Aber da hat Vera schon kurz mit ihren Fingern geschnippt, und ein krachender Gong ertönt aus unsichtbaren Lautsprechern. Ein sehr lautes und klares *Nein* auf meine ungestellte Frage. *Nun gut,* entscheide ich, und unterdrücke den Drang.

»Toi, toi, toi!«, feuert uns Vera Weber an

Ich hole tief Luft. *Die Spiele können beginnen*, mache ich mir Mut, befeuchte meine Lippen, deute mit leicht hochgezogenen Mundwinkeln ein Lächeln an und wende mich meinem Gegenüber zu. Und ich habe Mitleid mit ihm. Er leidet wirklich fürchterlich. Man könnte auch vermuten, dass ihm gleich eine schmerzhafte Zahnoperation bevorsteht.

»Hallo nochmal«, sage ich fröhlich und reiche ihm die Hand. Vielleicht ist diese Geste ein klein wenig zu förmlich. Aber Lilith Dom ist so, ein klein wenig zu förmlich und ein klein wenig zu freundlich.

»Ich bin Lilith«, versuche ich das Schweigen zu unterbrechen, »und genauso gerne und freiwillig hier wie du, so scheint es mir.« *Sehr gut,* lobe ich mich innerlich. *Selbstbewusst und witzig.*

»Hallo, ich bin Ben«, sagt Ben dann endlich und schüttelt meine Hand. Seine ist groß und warm, aber leider auch ein wenig feucht, vor Aufregung vermutlich. Ich finde aber, dass nach so einer espritgeladenen Eröffnung meinerseits etwas mehr von ihm kommen könnte. Wir schweigen.

Ich wippe mit meinem rechten Bein und sehe mich verstohlen um. Überall wird sich unterhalten, gelacht und gekichert. Kellner verteilen Getränke an die Tische. Eine gelöste Stimmung, bis auf hier, bei Ben und mir.

»Mich hat meine Freundin Esra heimlich angemeldet.« Ich höre, wie sich meine Stimme künstlich nach oben schraubt und fahre mäßiger fort: »Eigentlich wollte ich gar nicht hierherkommen. Aber wenn du Esra kennen würdest ... Ein *Nein* akzeptiert sie nicht. Und was kann uns hier schon Schlimmes passieren?«

Nervös drehe ich mein Glas in beiden Händen. Jetzt sollte er aber wirklich etwas sagen!

»Meine Tante und meine Nichte haben mich hier angemeldet«, antwortet Bens weicher Bass.

Dann wieder Schweigen.

Und wieder ich: »Was machst du denn beruflich?« Mein Bein wippt bedenklich angespannt unter der Tischplatte. Ich komme mir vor wie in einer Prüfungssituation.

»Ich unterrichte an der Uni.«

»Ach, das ist ja spannend«, antworte ich höflich und stelle die nächste Frage: »Welches Fach unterrichtest du denn? Oder heißt es Gebiet?«

Er zuckt nur mit den Schultern. Schweißperlen haben sich auf seiner Stirn gesammelt. Wie gerne würde ich sie ihm wegwischen.

»Agrarökonomie.«

»Aha!« Meine Unruhe steigt. Ich fühle mich mehr als hilflos. So viel Schweigen kenne ich sonst nur vom Meditieren. Bevor ich mir aber weitere Themen aus meinem Gehirn wringen muss, ertönt der erlösende Gong. Die ersten von insgesamt 91 Minuten sind geschafft.

Ich schaue mich im Raum um und sehe, dass sich die meisten Herren bereits von ihren ersten Dates verabschieden und zum nächsten Tisch gehen.

Ich sehe Ben an und erwarte, dass er sich auch erhebt, um sich auf den Weg zum nächsten Nicht-Gespräch zu machen. Aber dem ist nicht so. Stattdessen sehe ich, dass seine schönen, bernsteinfarbenen Augen auf mir ruhen und er keinerlei Anstalten macht aufzustehen.

»Ich glaube, du musst jetzt weitergehen«, sage ich verunsichert und zeige auf die Dame, die bereits auf ihn wartet.

Er aber bleibt sitzen und fragt: »Und du, was bist du von Beruf?«

*Toll*, denke ich, *jetzt, wo die Zeit um ist, läuft er sich so langsam warm*. Na gut, sieben Minuten sind vielleicht auch einfach eine zu kurze Zeitspanne für ihn.

Es ist nur so, dass schon der nächste potentielle Lebensgefährte hinter Bens Stuhl wartet.

»Hey Kollege, ich bin jetzt an der Reihe«, sagt Bens Nachfolger gut gelaunt.

Ben steht auf, ohne mich aus den Augen zu lassen. Da keine Zeit mehr übrig ist, um zu erklären, wie das mit meinem Job-Sabbatical ist, sage ich schnell: »Psychotherapeutin. Ich bin Psychotherapeutin.«

Ben bleibt noch kurz stehen, nickt mir dann zu und macht Platz für den nächsten Kandidaten.

»Ich bin der Lars.« Der Lars ist sonnig, drahtig und lang, und seine blau-grauen Augen funkeln voller Abenteuerlust. Kinnlange, surferblonde Haare wippen bei seinen Bewegungen auf und ab. Er streicht eine besonders vorwitzige Haarsträhne aus seinem Gesicht, die sofort wieder nach vorne schnellt.

»Lilith«, antworte ich, gleich gutgelaunt, und spüre kindliche Leichtigkeit in mir aufsteigen.

Lars´ und meine sieben Minuten vergehen viel zu schnell. Ich erfahre, dass er im Sommer als Wasserratte auf Sylt oder irgendwo in südlichen Gefilden arbeitet. »Kiten, surfen, tauchen«, erklärt er mir.

Im Winter kann man ihn in den Skigebieten dieser Welt treffen.

»Totales Klischee, voll erfüllt«, grinse ich ihn an.

»Sagt eine Psychotherapeutin«, kontert er. »Na, welche eigenen Macken haben dich dazu gebracht, dir diesen Beruf auszusuchen?« Wir prusten beide laut los.

Ich erfahre noch, dass er 41 Jahre alt und der Meinung ist, jetzt doch allmählich sesshafter werden zu müssen. So, wie er das Wort *sesshaft* ausspuckt, vermute ich, dass ihm eher seine Freunde geraten haben, sich mit dem Thema auseinanderzusetzen. Er würde auch noch so weiterleben, bis er es nicht mehr schafft, sich auf ein Brett zu stellen. Aber egal, mit ihm kann frau auf alle Fälle jede Menge Spaß haben.

Da ertönt auch schon der nächste Gong.

»Vielleicht bis bald!«, zwinkern seine jungenhaften Augen mir verschmitzt zu.

Die folgenden Kandidaten erfüllen wirklich alle Vorurteile, die einem so einfallen.

Da gibt es einen Thorsten, der noch bei seiner Mutti wohnt. Gestärktes Hemd, Hose mit messerscharfer Bügelfalte, Pomade im schwarzen, schütteren Haar. Mutti möchte wohl gerne, dass Sohnemann auszieht und hat ihn schick gemacht.

Ein Andreas, eher klein und in überteuerte Freizeitkleidung verpackt, erklärt mir die Aufs und Abs (natürlich *Ups and Downs*) des Börsendschungels. Selbstredend ist der Kapitalismus die Antwort auf alle Fragen, Probleme und Wünsche. Ob ich ihm sagen soll, dass meine Gesinnung genau wie mein Herz eher links schlägt? Nur, um ein bisschen mehr Prickeln in unsere Unterhaltung zu bringen? Ach nein, das lohnt nicht.

Stephan, mit ph!, und seines Zeichens Zahnarzt ist sich leider nicht zu schade, mir die genauen Schritte und möglichen Komplikationen einer Wurzelbehandlung zu erläutern. Was frau schon immer wissen wollte, sich aber nie getraute zu fragen. Ich zeige mein offenes Therapeutengesicht. Großer Fehler, da Stephan nun denkt, dass ich mich wirklich für das interessiere, was er doziert. »Soll ich mir ganz kurz deine Zähne ansehen?«, fragt er mich enthusiastisch.

Leider, leider ertönt da aber bereits der nächste Gong. Ich zucke entschuldigend mit den Schultern, und er schleicht geknickt von dannen.

Als Marc, der übernächste in der Runde, erfährt, dass ich Psychotherapeutin bin, kennt er kein Halten. Ich bekomme all seine Zwänge, Macken und Sehnsüchte erzählt. Am Ende fragt er: »Und, was meinst du?«

Und wieder rettet mich der Gong. Ich lächle entschuldigend und sage: »Tut mir leid, die Sitzung, äh, die Zeit ist um.«

Und so geht es weiter, bis ... der Gong zum letzten Mal ertönt und gnädig das Ende der Veranstaltung ankündigt.

Ein allgemeines Seufzen huscht durch den Raum.

Vera, die während der gesamten Zeit abseits an einem Tisch gesessen und mit ihrem Handy gespielt hat (wahrscheinlich hat sie getindert ...), zeigt strahlend auf einen vor ihr liegenden Haufen mit Zetteln.

»Es gibt für jeden einen Zettel mit ihrem oder seinem Namen darauf. Schreiben Sie bitte den Vornamen derjenigen Person auf, die Sie gerne wiedersehen möchten. Hat diese Herzensdame oder der Herzensmann auch Ihren Namen auf dem Zettel stehen, bekommen Sie die Telefonnummer. Alles Weitere liegt dann in Ihren Händen.« Zwinker, zwinker.

Ich schnappe mir den Zettel, auf dem links oben mein Name, eingerahmt von einem Herzen, steht. Der Wisch ist ernsthaft rosa. Ich blicke mich um und finde meinen Verdacht bestätigt. Die Männer halten blaue, die Frauen rosafarbene Zettel in ihren Händen.

Egal, Lars leiht mir seinen Stift. Das Ocean´s Motel-Team hat nämlich vergessen, uns welche zur Verfügung zu stellen. Ich überlege und überlege und überlege. *Quatsch, Lilith, aus dem Bauch heraus!*, ermahne ich mich.

Und als ich den Zettel in einen Pappkarton werfe, der beim Ausgang steht, mich beschwingt auf meine Trude setze und nach Hause fahre, stehen zwei Namen darauf: Ben und Lars!

## Kapitel 10 – Hanging around

Es ist Samstag. Der Samstag nach dem Speed-Dating-Samstag, und ich hänge wie ein Faultier angehakt an einem Seil und drehe meinen Kopf so, dass ich den Erdboden unter mir sehen kann. Ich schätze die Entfernung auf circa drei bis vier Meter, aber meine Angst macht daraus locker 15-20 Meter.

Ich schwanke, wie ein Blättchen im Wind, leicht nach rechts und links und überlege, wen ich so kurz vor meinem baldigen Tod noch gerne anrufen würde.

Meine Eltern, natürlich. Ganz klar Esra. Und auch Volker. Vor allen Dingen Volker! Denn schließlich ist es ja seine Schuld, dass ich gleich vor lauter Angst einen Herzinfarkt erleiden und sterben werde. Wenn er mich nicht betrogen, ein Kind gezeugt und mich verlassen hätte, würde ich hier jetzt nicht hilflos wie ein alter Sack in der Gegend herumbaumeln.

Ein Schweißtropfen rinnt von der Stirn am Haaransatz entlang und gesellt sich schließlich zu seinen Kollegen in meinem Nacken. Auf gar keinen Fall kann ich eine meiner Hände von dem Seil nehmen, um das Schweißtropfentreffen aufzulösen.

Und dieser Helm macht das Ganze auch nicht besser. Der roch schon so talgig, als ich ihn in die Hand gedrückt bekommen habe. Jetzt habe ich das Gefühl, dass Heerscharen kleinster Tierchen über meine Kopfhaut krabbeln.

»Du schaffst das, Lilith! Atme ganz ruhig, und schieb dich im Rhythmus deines Atems ganz langsam hier herüber.«

Ich hebe behutsam meinen Kopf, jede Bewegung kann mein fragiles Gleichgewicht zerstören. Ich blicke auf mein Ziel am Ende des Seils. Da steht Lars, den Helm lässig in der einen Hand, während die andere sein Haar zurückstreicht. Er grinst mich an, und ich kann das blitzblaue Funkeln seiner Augen bis zu mir leuchten sehen.

An dem Dienstag nach dem Speed-Dating überreichte mir der Postbote einen Brief vom Ocean's Motel. Ich war so nervös wie damals, als mir meine Prüfungsergebnisse mitgeteilt wurden. *Bitte, lieber, lieber Gott,* flehte ich, *oderwasauchimmer im Universum die Geschicke lenkt, lass doch bitte wenigstens eine Nummer dabei sein!*

Zittrig nestelte ich den Brief auf. Zwei Kärtchen fielen mir in die Hände. Auf der einen Karte stand

Lars´ Telefonnummer, auf der anderen Bens. Mein Herz machte einen kleinen Hüpfer. *Ruhig Blut, Lilith,* versuchte ich mich runterzukühlen. *Du wartest drei Tag, dann rufst du einen von ihnen an.*

Bereits zwei Tage später klingelte mein Telefon.

»Hi, Lilith«, hörte ich Lars´ fröhliche Stimme durch den Apparat. »Da haben wir beide wohl ein Date!«

»Scheint so.« Ich grinste und wartete gespannt, was er vorschlagen würde.

»Bist du schwindelfrei?«

Mein zögerliches »Äh, ja, irgendwie schon«, reichte ihm vollkommen. »Prima! Dann treffen wir uns am kommenden Samstag beim Kletterpark Affenschaukel. Kennst du den? 14.00 Uhr?«

Auf mein stockendes »Äh, ja, klar, supi!«, folgte ein: »Toll, ich freu mich! Bis dann!« Und schwups, hatte er aufgelegt.

Esra und meine Mutter feixten, als ich bei Kaffee und Kuchen von meinem bevorstehenden Date erzählte. Sie freuten sich diebisch und sahen mich schon »Total in den Seilen hängen«.

***

Und das tue ich jetzt ja auch: in den Seilen hängen.

»Papa, wann ist die große Frau da endlich drüben? Ich will auch mal!«

Ich schiebe meinen Kopf vorsichtig in den Nacken und blicke in die ungeduldigen Augen des Sohnes und in die verzweifelten seines Vaters.

Ich seufze, gebe mir einen Ruck und atme tief ein und aus. Im Takt meines Atems schiebe ich mich Zentimeter für Zentimeter dem Ende meiner Qualen entgegen. Nach diesem Abschnitt hier ist Schluss! Ich bin schon über schwankende Taue getaumelt, bin über hängende Baumstämme gestolpert, rechts und links nur durch erbärmlich dünne Seile gesichert. Aber nach diesem hängenden Elend hier (damit meine ich diesen Abschnitt hier, nicht mich) ist das hier für mich vorbei! Ich will runter, raus aus diesem Gewirr von Seilen, Brettern und Baumstämmen! Und überhaupt, was soll das denn für ein Date sein? Mit diesen wütenden Gedanken komme ich endlich bei Lars an.

»Großartig!«, freut der sich wie ein kleiner Junge. Mir dagegen wird klar, dass ich jetzt irgendwie noch in die Senkrechte und auf das Brett kommen muss. Erst einmal hänge ich weiter an dem Seil und schaue hilflos zu Lars hinauf.

Er erkennt mein Problem und erklärt fachmännisch: »Du stemmst dich jetzt mit beiden Füßen gegen das Brett, löst dann die Schnalle, gibst mir deine Hand, und ich ziehe dich nach oben.« Brav mache ich alles so, wie er sagt und stehe, zack, neben ihm.

»Ich will jetzt Alkohol!«, sage ich, kaum dass ich wieder Luft bekomme. »Und kalt muss er sein.« Lars sieht ein, dass jeglicher Widerspruch zwecklos ist. »Aye, aye«, sagt er. Mühsam hangele ich mich die Seilleiter, die am Baumstamm hin und her schlingert, hinunter.

Unten angekommen, geben wir unsere Sicherungsmontur ab. Im Austausch dafür bekomme ich ein Glas kühlen Weißwein. Lars bestellt eine Rhabarbersaftschorle. Wir setzen uns an einen der vier Klapptische, die draußen verteilt herumstehen, und beobachten eine Weile das Geschehen in den Seilen, Tauen und Baumstämmen vor uns.

»Ich muss so richtig dämlich ausgesehen haben«, sage ich.

»Ach Quatsch!« Lars prostet mir zu. »Du musst nur ein wenig mehr üben, dann überwindest du deine Ängste und wirst auch fitter.«

Fitter? Was will er mir damit sagen? Findet er, dass ich fett bin?

»Vielleicht ist das einfach nicht so mein Ding«, antworte ich vorsichtig. Ich muss aufpassen, dass sich meine Stimme nicht vor Empörung überschlägt. »Ich arbeite ja dreimal in der Woche auf dem Markt. Das ist auch sehr anstrengend!« *Genau, Lilith, gib´s ihm!*

»Ich dachte, du bist Psychotherapeutin?«

»Ja, das stimmt auch. Aber zur Zeit mache ich ein Job-Sabbatical. Ich gönne mir eine Auszeit von meinen Klienten, vom Alltag. Und damit mir die Decke nicht auf den Kopf fällt, arbeite ich nebenher auf dem Markt.«

»Job-Sabbatical, gefällt mir. Das wäre auch etwas für mich.«

»Aber ist deine ganze Arbeit nicht eher ein Sabbatical?«, bricht es aus mir heraus. Und bevor ich die Klischees, die auf meiner Zungenspitze hocken, davon abhalten kann, den Sprung zu wagen, gibt das Etwas in mir ihnen noch einen leichten Stoß. »Ich meine ja nur, Kiten, Surfen, Skifahren. Immer dem Vergnügen hinterher und wenig Geld. Oder nicht?«

Entschuldigend sehe ich ihn an. Ich würde ihm gerne sagen, dass ich versucht habe, meine Worte zurückzuhalten, aber gegen mein Etwas nicht angekommen bin. Und dass ich es nicht so meine.

Aber ich sehe bereits, dass sich über das blinkende Blau seiner Augen ein grauer Schleier schiebt.

Schweigen breitet sich zwischen uns aus. Wir nippen an unseren Getränken und beobachten das Treiben im Park.

*Das war dumm von dir, Lilith!*, schimpfe ich stumm mit mir und meinem Etwas. *Und voreingenommen.* Und, wenn ich die beleidigte Miene meines Gegenübers betrachte, voll ins Schwarze getroffen. Starr sieht er auf den Wald von Brettern, Seilen und hängenden Menschen vor uns. Aber er nimmt sie gar nicht wahr. Sein Mund verzieht sich zu einer Schnute, die Augenbrauen berühren sich beinahe und vereinigen sich mit der Nasenwurzel. Der Anblick eines eingeschnappten Kindes, das bei etwas erwischt wurde, von dem es weiß, dass es nicht richtig ist. Oder, wie in diesem Fall, vollkommen ins Schwarze getroffen. Er kickt einen Stein zur Seite. *Ah, der Trotz meldet sich.*

Nach einigen Atemzügen gewinnt sein Eltern-Ich mühsam die Oberhand, und seine Miene entspannt sich. Zumindest etwas. Und da kommen sie auch schon, die unvermeidbaren Worte: »Lilith, ich finde dich wirklich nett.« Ist klar. »Es tut mir wirklich leid.« Ach, wirklich? »Aber ich glaube, das mit uns, das passt nicht.« Ach nein, wirklich?

Ich will ihm gerade verständnisvoll antworten, als: »Und außerdem suche ich auch eine Frau, die einfach etwas sportlicher ist, mehr auf ihre Gesundheit achtet.« Sein abschätziger Blick ruht auf meinem Glas Weißwein.

Natürlich. Erst beleidigt sein und dann offen nachtreten.

Ich bleibe bei *verständnisvoll*: »Natürlich, kein Problem. Das verstehe ich.« Blabla.

Erleichtert lehne ich mich auf dem wackeligen Stuhl zurück. »So von unten ist es doch ganz schön hier.« Ich freue mich jetzt schon darauf, Esra alles haarklein zu berichten und genieße den letzten Schluck Wein.


Als wir am Tresen stehen und für die Getränke und den Einlass bezahlen wollen, schieben sich wieder Lars′ Augenbrauen zusammen.

»Äh, Lilith, könntest du bezahlen? Ich muss den Geldbeutel zu Hause vergessen haben. Das ist mir jetzt wirklich megapeinlich.«

Megapeinlich? Ach, wirklich? Zu Hause vergessen? Natürlich! Herrlich! Mein Etwas und ich klatschen uns ab.

Auf dem Parkplatz angekommen, bringt er mich noch zu meiner Trude.

»Und«, frage ich ausgelassen, »hast du noch andere Dates?«

»Klar, noch 12«, sagt er und zwinkert mir zu. Er ist wieder in seinem Kite-, Surf-, Skilehrermodus.

»Du hast alle 13 Frauennamen aufgeschrieben?«, frage ich, als mir die Erkenntnis dämmert.

Ich seufze, setze den Helm auf, starte Trude und rufe ihm über das Geknatter hinweg zu: »Dann viel Erfolg!«

Ich lenke den Roller den holprigen Waldweg zur Hauptstraße hinauf. *Das ist ja gerade noch einmal gut gegangen,* denke ich und verlasse erleichtert das Reich der Affenschaukel.

# Kapitel 11 – Keinen Bock mehr auf Dates!

E s ist Sonntagmorgen, und ich stehe in der Küche. Hier und da zwickt es in meinen Muskeln, das Gehangel und Geschiebe an den Seilen und auf den Baumstämmen macht sich schon ein wenig bemerkbar. Aber dank meiner markterprobten körperlichen Fitness können mich so ein paar Stunden in einem Kletterpark nicht wirklich umhauen.

Ich stehe also in der Küche und halte in der einen Hand einen Becher mit Tee, während die andere die Karte mit Bens Telefonnummer umschließt.

Er hat bisher nicht angerufen. Und ich werde ihn garantiert nicht anrufen! Ich seufze ein wenig wehmütig. Aber dann soll es eben nicht sein.

Nach der Erfahrung mit Lars ist mir die Lust sowieso gänzlich vergangen.

Ich packe die Karte in meine Schmuddelschublade. So weit, sie wegzuwerfen, bin ich noch nicht. Ein kleiner Triumph sei mir gegönnt, und wenn er auch nur in Form eines Zettels mit Bens Namen und Telefonnummer darauf existiert. Erbärmlich,

ich weiß. *Aber es ist, wie es ist*, um eine der Weisheiten meines Großvaters zu bemühen. *Und so ist es!*

RING! Ich zucke merklich zusammen. Mein Handy tanzt vibrierend über den Küchentisch. Ist das vielleicht Ben? Aufgeregt und ein wenig hoffend greife ich danach und lese, wer dran ist: Esra! So gering die Hoffnung war, so groß ist die Enttäuschung.

»Hi.«

»Hi? Mehr nicht? Kein Lossprudeln ob des überwältigenden Larsdates im Kletterpark und anschließenden romantischen Dinners, und danach: Punkt, Punkt, Punkt?«

Ich seufze. »Ich muss dich leider enttäuschen. Nach dem Kletterpark war auch gleich Schluss.« Und ich erzähle ihr alles haarklein, spare keine Peinlichkeit aus.

»Aha!«, ist Esras einziger Kommentar am Ende meines Berichts. Ich kann spüren, wie sie grinst und werde sauer.

»Du hast mich bei diesem Theater angemeldet. Vergiss das nicht! Und anstatt, dass ich mich gut fühle, schmerzt mein Astralleib!«

»Was ist denn mit diesem Ben?«, übergeht sie mein Gezeter. »Hat der sich denn inzwischen gemeldet?«

»Nein! Braucht er auch nicht.« Meine Stimme trieft vor kindlichem Trotz.

»Du könntest ihn ja anrufen«, versucht es Esra behutsam. Auf diesen ungeheuerlichen Vorschlag kann nur Schweigen die Antwort sein.

»Also, wenn das so ist ...«, antwortet die weltbeste Freundin mit äußerster Vorsicht nach einer angemessenen Pause.

Urplötzlich stellen sich meine Nackenhaare auf. Ich wittere Gefahr. Irgendetwas an Esras Worten rüttelt an meinem Fluchtreflex.

»Ja?« Ich gebe ihr zu verstehen, dass ich bereit bin.

»Martin hat da einen Kollegen, Axel. Und Axel ...«

»Stopp!«, unterbreche ich sie. Ich habe sogar eine Hand gehoben, was sie natürlich nicht sehen kann. »Wage es ja nicht!«, warne ich sie. »Mit dem Speed-Dating hast du deine Bonuspunkte für dieses Quartal bereits ausgeschöpft und zwar vollkommen!« Ich bin stolz auf mich, fühle mich stark, das waren die richtigen Worte.

Aber Esra wäre in ihrem Geschäft nicht so gut, wenn sie so schnell aufgeben würde. Ich weiß, dieses Gespräch wird erst zu Ende sein, wenn eine von uns am Boden liegt, und mir schwant dabei nichts Gutes.

»Ich weiß, ich weiß«, flötet sie da auch schon. »Das habe ich Martin ja auch gesagt. Aber er besteht darauf, dass ihr euch doch zumindest treffen könnt. Ganz unverfänglich, nur ein Abendessen.«

Sie ist so gerissen. Klar, Martin besteht darauf. Als ob es ihren Mann interessieren würde, mit wem ich essen gehe, so ganz unverfänglich. Sie ist so gut! Ich klatsche ihr innerlich Beifall, bleibe aber hart.

»Das ist aber ganz lieb von Martin«, hauche ich. »Aber sag Martin doch bitte, dass mir momentan so gar nicht nach einem Abendessen ist, sei es noch so unverfänglich. Und liebe Grüße auch an Axel, unbekannterweise.«

*Sehr gut, Lilith. Diese Runde geht an mich.* Wir gehen beide in unsere gegenüberliegenden Boxerecken, wo unsere Betreuer uns Wasser ins Gesicht spritzen und die Schultern massieren.

Esra tänzelt in die Mitte des Boxrings zurück und startet einen neuen Angriff. »Das habe ich Martin ja auch gesagt. Aber er hat bereits mit Axel gesprochen, und sie haben auch schon einen Termin vereinbart.«

Jetzt bin ich empört. Mal abgesehen davon, dass ich doch stark bezweifel, dass es so abgelaufen ist. Eher glaube ich, dass Martin irgendwann mal hat fallen lassen, dass da ein Kollege bei ihm arbeitet, der Single ist. Esra hat die Möglichkeit gewittert und ihren Ehemann so lange unter Druck gesetzt, bis er ihr Axels Telefonnummer gegeben hat. Dann hat sie den armen Mann angerufen und ihn zu einem Treffen mit mir genötigt. Nicht anders wird es gewesen sein. Aber davon lasse ich mich nicht unterkriegen. Ich trippel leichtfüßig zu ihr in die Mitte.

»Einen Termin gibt es bereits? Aber das ist doch gar kein Problem. Bitte Martin einfach, den abzusagen.« Der hat gesessen! Nächste Runde.

»Das würde ich ja wirklich gerne.« Esras Stimme gleicht der eines schnurrenden Kätzchens. »Aber Axel kommt heute von einer Geschäftsreise zurück. Sein Flieger landet erst um 18.00 Uhr. Davor kann ich ihn nicht erreichen, das verstehst du ja sicherlich. Und der Tisch für euch im Santa Lucia ist bereits für 19.30 Uhr reserviert. Den Termin in der kurzen Zeit, die dazwischen bleibt, abzusagen, wäre zu unhöflich. Das siehst du doch ein?«

Ich fühle, wie ich zu Boden gehe. Flieger, Tisch, 19.30 Uhr, Santa Lucia? Esra, meine Freundin, die Schlange, hat alles bis ins Kleinste geplant. Sie weiß, dass ich niemals unhöflich sein würde. So bin ich erzogen worden. Wie oft hat sie mich damit aufgezogen. Und jetzt nutzt sie diesen Charakterzug und setzt ihn gegen mich ein.

Auf dem Boden liegend, versuche ich, noch einen Schlag zu landen. »Aber«, ächze ich ermattet, »was ist, wenn ich krank bin?« Tatsächlich fühle ich mich ausgeknockt, kraftlos und schwach.

»Papperlapapp!« Esras Stimme hat jetzt jegliche Sanftheit verloren. »Du bist aber nicht krank! Und was soll schon passieren? Du ziehst dein kleines Schwarzes an, machst dich ein bisschen zurecht, trinkst und isst etwas in netter Gesellschaft, das war´s!« Erbarmungslos, ja, so klingt meine Freundin. Spiel, Satz und Sieg, oder wie heißt das beim Boxen?

»Ok«, ich spreche nicht selber, ich werde gesprochen. »Santa Lucia, 19.30 Uhr. Wie erkenne ich diesen Axel? Hat er eine Rose im Knopfloch?« Das bisschen Sarkasmus tut mir gut.

»Red doch keinen Unsinn, Lilith!« Der belehrende Ton meiner Freundin ist vollends zurückgekehrt. »Der Tisch ist auf Axel Hermanns reserviert.

Wenn da also ein Mann am Tisch sitzt, ist es klar, wer das ist, oder?«

»Ist klar«, hauche ich. Bevor ich die Verbindung trenne, höre ich noch ein »Viel Glück« von meiner Freundin.

*\*\**

Es ist 18.00 Uhr, und ich stehe vor meinem Kleiderschrank. Das kleine Schwarze liegt auf dem Bett, und wir starren uns gegenseitig an. Das letzte Mal, als ich es anhatte, war es doch noch größer, weiter, irgendwie passender. Hat es sich beleidigt zusammengezogen, weil ich es die letzen zwei, drei, na gut, fünf Jahre nicht angezogen habe? Was nämlich nicht sein kann, ist, dass ich zugenommen habe! Auf gar keinen Fall!

Ich wende den Blick von dem engen, schwarzen Elend ab und schaue in meinen Schrank. Ohne großartig nachzudenken, greife ich nach einem dunkelblauen, schlichten Kleid. *Reicht*, entscheide ich. Dazu ein rotes Tuch und ebensolche Schuhe, ein wenig Make-up, und fertig ist die Lilith.

Um kurz nach sieben sitze ich auf Trude. Ich fühle mich herrlich italienisch, so auf meinem roten Flitzer und mit den roten Schuhen und dem seidenen Tuch. Ich schnuppere in den Abend hinein und freue mich über den warmen Sommerduft.

142

Es könnte so schön sein, wenn mir nur nicht dieses erzwungene Date mit dem unbekannten Axel bevorstehen würde.

Es ist 19.20 Uhr, als ich am Santa Lucia ankomme. Ich fahre ein kleines Stück weiter und parke.

19.25 Uhr, ich warte. Vor dem Santa Lucia. Generell kann man bei mir davon ausgehen, dass ich fünf Minuten früher eintreffe. Alles andere bedeutet für mich, zu spät zu kommen. Sollte ich einmal zwei Minuten nach der verabredeten Zeit noch nicht da sein, ohne das vorher angekündigt zu haben, ist etwas Schlimmes passiert, etwas sehr Schlimmes.

Aber Axel kennt mich ja nicht, noch nicht. Oder was hat Esra ihm alles von mir erzählt? Mist, ich hätte sie fragen sollen. Meine leichte Nervosität wandelt sich in eine mittelschwere. Und umso länger ich darüber nachdenke, was Axel bereits alles von mir wissen könnte, desto ärger wird es. Ich bekomme einen Schweißausbruch. Aber egal, ich werde auf alle Fälle zwei Minuten zu spät erscheinen, auch, wenn es mir körperliche Schmerzen bereitet.

Die Digitalanzeige meines Handys springt gerade auf 19.32 Uhr, als ich mit zurückgezogenen

Schultern, einem leichten Lächeln und, wie ich hoffe, einem eleganten Hüftschwung die Pizzeria betrete. Zielstrebig gehe ich auf Giovanni zu, der gerade an der Kasse steht und eine Bestellung eintippt.

»Ciao, Giovanni«, flöte ich, leicht überdreht. Er dreht sich zu mir um, mustert mich kurz, nickt anerkennend und ruft freudig, wenn auch etwas übertrieben: »Lilith, ciao! Che Bella!« Und die Küsschen verteilen sich links und rechts um uns herum in der Luft.

»Che cosa può fare per tu, meine Schöne?« Ich liebe dieses leicht klingende Italienisch-Deutsch.

»Es müsste ein Tisch reserviert sein, auf den Namen Axel Hermanns.«

Giovanni sieht mich fragend an, sagt aber nichts. Natürlich weiß er, dass ich eigentlich mit einem Volker hierherkommen müsste, so wie all die Jahre davor. Aber er ist ganz Profi und geht zu seinem großen Buch, in dem die Reservierungen stehen. Er blickt hinein, nickt gewichtig, dreht sich zu mir um und zeigt auf einen gemütlichen Tisch, der in einer geschützten Ecke steht. Und an diesem Tisch sitzt ein wirklich, wirklich gutaussehender Mann. Mir bleibt kurz die Luft weg.

Ich lasse Giovanni hinter mir und bewege mich, wie ich hoffe, gazellenhaft auf diese Erscheinung von einem Mann zu. Sein wohlgeformter Kopf, der frei von jeglichem Haupthaar ist, dafür aber einen verwegenen Dreitagebart besitzt, wendet sich mir zu. Sanfte, tiefgründige Augen blicken mir entgegen. Das Grau seiner Augen verschmilzt mit dem silbrigschimmernden Grau seines Hemdes. Ich stelle begeistert fest, dass Axel Hermanns einer der wenigen Männer ist, die slimfit tragen können, ohne wie ein »dünnes Hemd« auszusehen.

Er schiebt seinen Stuhl zurück, steht auf, geht an dem Tisch vorbei und tritt mir entgegen.

Für alles an diesem Mann gibt es nur ein Wort: *wohlgeformt!* Sein Kopf, sein Oberkörper, seine Hüften und die Beine, die in einer dunkelblauen Jeans stecken. Seine Manieren sind einen Hauch traditionell, aber ohne veraltet zu wirken. Ach ja, und er ist groß, sehr groß, mindestens 1 Meter 90.

Er entblößt, wie sollte es anders sein, zwei Reihen perlweißer Zähne. Perfekt wird das Ganze dadurch, dass einer seiner Schneidezähne ein winziges bisschen hervorsteht.

»Du musst Lilith sein.«

Ich muss gestehen, dass ich eine der wenigen Frauen bin, die George Clooney für maßlos überbewertet halten. Aber dafür liebe ich seine deutsche Synchronstimme, Detlef Bierstedt. Sollte Herr Bierstedt einmal verhindert sein, könnte Axel mühelos an seine Stelle treten.

»Und du bist Axel.« Ich muss mich so dermaßen anstrengen, ihm vor lauter Glückseligkeit nicht in die Arme zu springen und ihm zu versichern, dass ich sehr gerne bis zu unser beider Lebensende über seinen Kopf streichen würde. Aber ich reiße mich zusammen, locker und espritgeladen, das ist das Motto.

Er weist mit einer Hand auf einen Stuhl. »Darf ich bitten?« Er lächelt, ich schmelze.

Als wir sitzen, kommt Giovanni mehr als diensteifrig an unseren Tisch, um uns die Speisekarten zu bringen.

»Wie wäre es vorab mit einem Aperitif?«, fragt Giovanni, nachdem er uns die Karten übergeben hat.

Alex sieht mich fragend an. »Vielleicht ein Glas Prosecco?«

»Gerne.« Ein Mann, der männlich genug ist, ein Glas Prosecco zu trinken.

Eigentlich würde ich jetzt gerne wie ein Teenie auf die Toilette rennen, um Esra auf den neuesten

Stand zu bringen und mich bei ihr zu bedanken. Aber ich bleibe standhaft und sitzen.

»Zwei Prosecchi, bitte«, bestellt Axel, und wir sehen beide Giovanni hinterher, der an die Bar eilt, um uns schnellstmöglich die gewünschten Getränke zukommen zu lassen.

Danach wenden wir die Köpfe, und unsere Blicke kreuzen sich. Axel lächelt mich an. »Das ist sozusagen mein erstes Blind-Date. Erst wollte ich das alles gar nicht. Aber Martins Frau Esra hat eine wirklich sehr überzeugende Art.«

»Ja, das hat sie«, antworte ich und denke: *Danke, Esra!* Wieder für Axel hörbar sage ich: »Für mich ist es das zweite Mal, wenn ich ehrlich bin.«

Axel runzelt die Stirn.

»Na ja«, bemühe ich mich um eine schnelle Erklärung. »Für letzte Woche Samstag hatte Esra für mich einen Platz bei einem Speed-Dating gebucht. Natürlich auch, ohne mich vorher zu fragen.«

»Und? Wie war das?« Axels Augen blitzen vor Neugierde.

»Wirklich äußerst schnell.« Wir lachen.

Ich sehe, wie sich der Schein der zwei Kerzen auf unserem Tisch in seinen Augen spiegelt und ihnen einen silbrigen Glanz verleiht.

Giovanni kommt mit den beiden Gläsern an den Tisch und fragt nach unserer Bestellung.

»Tut mir leid«, sage ich entschuldigend, »wir sind noch gar nicht dazu gekommen, uns die Karte anzuschauen.«

»Wie wäre das? Wir bestellen uns Bruschetta, Spaghetti all'Arrabbiata, die Tagespizza und später dann vielleicht noch einen Nachtisch. Und das alles teilen wir uns«, schlägt Axel vor.

Ich bin begeistert! Ein Mann der schnellen und unkomplizierten Entscheidungen. Mit Volker konnte so ein Bestellvorgang schon gut und gerne eine halbe Stunde dauern. Er hatte immer Angst, das falsche Gericht gewählt zu haben. Und wenn das Essen dann kam, schielte er so lange auf meinen Teller, bis ich ihm schließlich anbot zu teilen, oder gleich ganz zu tauschen. Und selbst dann war er meist noch unzufrieden. Klarer Fall von schlimmstem Futterneid.

»Perfekt!«, antworte ich deswegen freudig.

»Und eine Flasche Weiß- oder Rotwein?« Mist, ich bin mit Trude hier und muss morgen früh raus. Ich könnte aber doch, vielleicht, nur ein Glas ...? Nein, ich bleibe standhaft. »Danke, für mich bitte nur ein Wasser. Tut mir leid, ich bin mit dem Roller hier, und mein Wecker klingelt morgen um 3.00 Uhr.«

Sprachlos gucken die beiden mich an. »3.00 Uhr?«, keucht Giovanni. Ich nicke.

»Dann eine große Flasche Wasser und für mich ein Glas Rotwein dazu«, entscheidet Axel. »Ich nehme mir nachher ein Taxi und habe morgen frei.« Er grinst mich an, ich lächle zurück.

Giovanni hat alles notiert und geht. Allerdings nicht, ohne mir vorher noch einmal fröhlich zuzuzwinkern. Axel bemerkt es und fragt: »Kennt ihr euch schon länger?«

»Ja«, antworte ich, »das ist Esras und mein Lieblingsitaliener, bestimmt seit ...», ich muss kurz überlegen und zähle die Jahre unter dem Tisch an meinen Fingern ab. »Also 15 Jahre sind es bestimmt.«

Axel hebt sein Glas.

»Auf gute Traditionen und Beständigkeit«, prostet er mir mit einem Lächeln zu. Ich spüre, wie ich rot anlaufe, während unsere Gläser beinahe zärtlich aneinanderklirren.

»Und?«, fragt Axel, nachdem wir unsere Gläser wieder abgestellt haben. »War denn bei dem

Speed-Dating jemand dabei, der dein Interesse geweckt hat?«

Und schon sehe ich mich wieder in den Seilen über dem Boden hängen. Mein zartes Rot wandelt sich in eine dunkles. Dann muss ich lachen. Auf Axels fragenden Blick hin berichte ich ihm schonungslos von meinem gestrigen Date mit Lars. Ich bin mir auch nicht zu schade, jedes Detail meiner Schmach im Kletterpark zu erzählen.

»Zwei Dates hintereinander«, sagt Axel, als ich den Bericht beende. »Lilith, mir scheint, du bist eine gefragte Frau.«

Zum Glück kommt Giovanni in diesem Moment mit der Vorspeise und den Getränken. Er platziert alles routiniert vor und zwischen uns, wünscht ein »buon appetito« und verschwindet flink wieder in Richtung Küche.


Wir kommen aber kaum zum Essen. Ich frage Axel, was er beruflich macht, dass er an einem Sonntag so einen langen Flug auf sich nehmen muss. Er zieht kurz seine Augenbrauen zusammen und antwortet: »Ich betreue freiberuflich Kinder- und Jugendbuchautoren. Eigentlich ist meine Berufsbezeichnung ja Agent, aber meist fühle ich mich wie das sprichwörtliche Mädchen für alles.

Die Künstlerwelt ist eine hochsensible. Sie erfüllt wirklich alle Klischees.«

»Und?«, frage ich, »von wo genau bist du heute hierhergeflogen?«

»Von der Warschauer Buchmesse«, antwortet er und nimmt einen Schluck Rotwein.

Nun ist es an mir, die Stirn in Falten zu ziehen. Ich überlege. Esra hat mir gesagt, dass .... Aber dafür muss man doch nicht den halben Tag im Flugzeug verbringen. Dann verstehe ich und lache laut auf.

»Was ist?« Axels Augenbrauen nähern sich erneut an.

»Esra«, stoße ich hervor und verstecke meinen Mund hinter einer Serviette. »Sie hat behauptet, dass man dich heute auf gar keinen Fall telefonisch erreichen kann. Also um eventuell ...«, ich stocke, gebe mir dann aber einen Ruck, »na ja, um unser Treffen abzusagen. Und zwar, weil du in einem Flieger sitzt, und das von sozusagen früh morgens bis um 18.00 Uhr.«

»Du wolltest absagen?«, fragt Axel und sieht mich betroffen an.

Ich blicke auf meine Serviette, die ich zwischen den Händen halte. »Versteh mich nicht falsch. Ich hatte erst gestern das Date im Kletterpark. Und nach dieser Erfahrung hätte ich eine Date-Pause durchaus vertragen können.«

»Ich bin froh, dass Esra dich angeflunkert hat.« Wieder erröte ich unter seinem Blick.

Es bleibt ein schöner Abend. Nein, er wird immer schöner und vertrauter. Axel fragt mich nach meinem Beruf, und ich erzähle ihm von meiner Arbeit als Psychotherapeutin und dem aktuellen Job-Sabbatical. Aufgelockert wird mein Bericht durch seine Zwischenfragen. Er ist hellaufbegeistert.

»Ein Job-Sabbatical. Was für eine tolle Idee! Wie bist du darauf gekommen?«

Ich schlucke. Ich reiße mich zusammen und sage knapp: »Mein Partner hat mich verlassen.«

Bevor ich mehr erzählen kann, bringt Giovanni einen Berg voller Nudeln. Den tauscht er gegen die leere Bruschettaplatte und lässt uns wieder allein. Bei diesen vielen Nudeln fühle ich mich an Walt Disneys *Susi und Strolch* erinnert. Nur die Fleischbällchen fehlen. Jeder füllt sich eine kleine Portion auf seinen Teller, und wir essen eine Weile schweigend. Ich habe das Gefühl, dass mit den

Nudeln auch die schwierigen Themen gekommen sind.

Also erzähle ich Axel von dem Abend, an dem Volker mich verlassen hat, und der Zeit danach. Von Eva, dem ungeborenen Kind, meinem Entschluss, etwas zu verändern, Esras Unterstützung, ob gewollt oder auch nicht. Axel unterbricht mich kein einziges Mal. Ganz ruhig ruht sein Blick auf mir. Als ich ende, nimmt er meine Hand und drückt sie sanft. Mehr nicht. Wir lächeln uns an.

»Und?«, frage ich endlich. »Was ist mit dir? Ein Mann wie du, Single. Was ist da los?«

Er berichtet, dass seine langjährige Beziehung bereits vor ein, zwei Jahren in die Brüche gegangen ist. Er hat sich dann in die Arbeit gestürzt. Bis jetzt. Erneut ein langer Blick, der zwischen uns schwebt.

Danach werden die Themen wieder lustiger und unbeschwerter. Wir lachen viel und herzlich, ziehen uns gegenseitig auf. Zwischendurch berühren sich unsere Fingerkuppen, nur ganz leicht, aber voller Spannung.

»Ich schaffe keinen einzigen Bissen mehr«, sage ich, als wir den Nudelberg erfolgreich vernichtet haben. Mit vollem Bauch lehne ich mich an den Stuhlrücken.

»Ich bin auch satt«, sagt Axel und gibt Giovanni ein Zeichen. Der gleitet förmlich zu uns. »Hat es euch geschmeckt? Kann ich jetzt die Pizza bringen?«, fragt er erfreut, als er sieht, dass der Pastateller leer ist.

»Es war wirklich köstlich, Giovanni«, sage ich, »aber leider auch viel zu viel. Wir sind satt.«

»Satt?« Ein Wort, das Giovanni nicht hören möchte und auch für sich selber nicht in Betracht zieht, wie man an seinem gemütlichen Bauchumfang erkennen kann.

»Aber die Pizza ist bereits im Ofen!« Er sieht richtiggehend unglücklich aus.

»Das macht doch gar nichts«, springt Axel ein. »Lilith und ich nehmen jeder eine Hälfte mit nach Hause. Kalte Pizza zum Frühstück schmeckt prima!«

Giovanni und ich sehen uns an. Er kennt meine Vorliebe für kalte Pizza am Tag danach. Wir beide sind uns einig: Dieser Mann ist perfekt!

»Sì, so machen wir das.«

Bevor Giovanni geht, erhasche ich noch einen Blick auf seine Armbanduhr und zucke zurück.

»Was ist denn?«, fragt Axel.

»Es ist 23.00 Uhr«, japse ich. »Und um drei Uhr klingelt mein Wecker!«

»Die Zeit ist vergangen wie im Flug«, sagt Axel und nimmt meine Hände in die seinen. Sofort beruhige ich mich.

»Lass uns zahlen und dann aufbrechen.« Ich nicke dankbar.

»Schade«, rutscht es mir heraus. Er grinst mich an. »Sehr schade! Aber es hält uns ja niemand davon ab, uns wiederzusehen. Es sei denn, Esra hat noch andere Kandidaten für dich auf ihrer Liste.«

Ich lächle zurück. »Und selbst wenn.«

Axel übernimmt wie selbstverständlich die Rechnung.

»Und hier eure beiden Pizzahälften.« Giovanni strahlt uns beide an, als ob er einen besonders wichtigen Part bei unserem Date innehatte.

Wir verabschieden uns wortreich voneinander und versprechen, bald wieder zum Essen vorbeizukommen.

Axel bittet Giovanni noch, ihm ein Taxi zu bestellen. Anschließend schlendern wir gemeinsam zu Trude. Trotz der Nähe zu Axel ist es doch ein wenig kühl, und ich ziehe den Gürtel meiner Jacke enger.

»Das war ein sehr schöner Abend«, sagt Axel und streicht mir eine nichtvorhandene Strähne aus dem Gesicht. Ich schmiege meinen Kopf in seine Hand. Ich weiß, dass meine Augen funkeln. Ich bin glücklich.

»Ja«, hauche ich.

»Darf ich?«, fragt Axel, das erste Mal schüchtern an diesem Abend. Ich lächle ihn an.

*Wie gerne!* Und er beugt sich vor, und sein Mund streift federzart den meinen, bevor er meine Wange findet. Ich seufze. Das nennt man wohl selig.

Er lehnt sich wieder zurück, und ich lese in seinen Augen das gleiche Glück, wie er es in meinen erkennen kann. Wie gerne wäre ich jetzt unvernünftig! Wie gerne würde ich jetzt einfach mit zu ihm fahren, und wir würden die Nacht zusammen verbringen. Aber ich bin nicht unvernünftig. Und ich habe Verpflichtungen: morgen früh raus und an die Arbeit. Wieder seufze ich, trete einen Schritt zurück. Jetzt ist es an mir, ihm über die Wange zu streichen. Ich spüre die leichten Bartstoppeln unter der Hand. Wie viel lieber würde ich meine Wange an der seinen reiben.

»Ich muss los, leider!«, sage ich, nehme den Helm und setze ihn auf.

»Steht dir gut.« Er grinst mich an.

»Ja, klar«, antworte ich und puffe ihn spielerisch in die Seite.

Ich setze mich auf den Roller und starte ihn. Der Krach ist in der Stille der Nacht bestimmt ohrenbetäubend. Wir nehmen ihn gar nicht wahr. Ein letztes Mal nimmt Axel meine Hand vom Lenker und küsst sie.

»Bis sehr bald«, ruft er mir über den Lärm des Rollers hinweg zu. Ich nicke nur und sehe, wie sein Taxi um die Ecke biegt. Dann lenke ich Trude an ihm vorbei und winke zum Abschied.

Ich drehe mich nicht mehr um. Aber ich bin mir sicher, dass die hüpfenden Schläge meines Herzens Trudes Knattern deutlich übertönen.

# Kapitel 12 – Wer hat hier etwas von *Keinen Bock mehr* gesagt?

E in wundervoller Traum mit blaustrahlendem Himmel und sonnigen Blumen geleitet mich aus dem Schlaf in das Erwachen. Ein Lächeln liegt auf meinem Gesicht. Und ich kann mich zwar nicht mehr ganz genau erinnern, bin mir aber absolut sicher, mit Axel durch eben diese Wiese händchenhaltend gewandelt zu sein.

Als ich allerdings vollständig im Hier und Jetzt ankomme, bemerke ich, dass mein Wecker gar nicht geklingelt hat. Oder habe ich ihn etwa überhört? Ich schrecke hoch. Ein Blick auf das Handydisplay beruhigt mich, 02.50 Uhr. Also noch ganze zehn Minuten, bis ich aufstehen muss. Zufrieden lege ich mich wieder zurück und lasse den gestrigen Abend Revue passieren. Sofort hüpft mein Herz voll freudiger Leichtigkeit, und das Grinsen in meinem Gesicht wird breiter: Axel, wohlgeformt!

Ich nehme das Handy und lese noch einmal die vielen Nachrichten, die mir Esra über den gestrigen Abend verteilt geschrieben hat. »Und? Wie ist er?«, »Habt ihr eine gute Zeit?«, »Seid ihr noch im Restaurant oder etwa schon ...?«, »Mensch, melde dich doch mal!« Dann nur noch ein sehr böse dreinschauender Smiley, das war um kurz vor 23.00 Uhr.

Als ich dann gegen kurz vor halb zwölf im Bett lag, habe ich ihr nur Folgendes geschrieben: »Esra, vielen Dank!« Sofort kam von ihr ein »Und?«

»Bin müde, morgen mehr«, habe ich ihr dann versprochen.

Mein Wecker beginnt zu surren, drei Uhr, aufstehen! Voller Leichtigkeit schwinge ich die Beine aus dem Bett. Nur knapp drei Stunden Schlaf, und ich fühle mich vollkommen ausgeruht. Ich kichere. *Wie ein Teenie, Lilith,* denke ich und muss noch mehr kichern. Da ertönt ein erneuter Laut aus dem Handy. Sofort klingeln bei mir alle inneren Alarmglocken. Wer will etwas um diese Zeit von mir? Es wird doch meinen Eltern nichts passiert sein?

Als ich mit zitternden Händen die Nachricht lese, verlangsamt sich das Rasen meines Herzens bis hin zu einem freudigen Hüpfer.

»Guten Morgen, schöne Frau. Danke für den zauberhaften Abend. Dir einen guten Start in diesen Tag. Freue mich schon auf unser morgiges Eisessen? Dein Axel«

»Dein Axel!« Oh, mein Gott! Ohne nachzudenken und jegliche Mindestwartezeit, die Frau einhalten sollte, bevor sie auf eine Nachricht von einem Mann antwortet, tippe ich: »Ja, es war ein toller Abend! Und ja, freue mich auch auf morgen! Dir einen erholsamen, freien Tag, Deine Lilith.« Und weg ist der Text.

Gerne würde ich noch sehen, ob er die Nachricht gleich liest, aber jetzt muss ich mich sehr beeilen, um noch pünktlich zum Hof zu kommen.

Als ich auf Trude sitze und in den bereits dämmernden Morgen hineinfahre, riecht und funkelt alles soviel intensiver. *Hach, l'amore!,* denke ich und pfeife ein Liedchen gegen das Knattern meines Rollers.

Ich pfeife auch noch, als ich mit Andrea zwei vollbeladene Rollis aus dem Stall zum Transporter schiebe. Sie grinst mich an. »Ein Mann?«, fragt sie, und ihre Augen glühen vor unbändiger Neugierde.

»Genau!«, bestätige ich ihr und erzähle ihr von meinem Abend mit Axel. Eigentlich ist die Erstversion ein Privileg, das ich mit Esra teile, aber mit ihr werde ich erst am Nachmittag sprechen können, und bis dahin würde ich selber platzen. Also: first come, first serve!

Natürlich bemerken auch die anderen, wie fröhlich ich bin. Ich genieße ihre Anspielungen und Neckereien. Willi streicht mir sogar, wenn auch etwas unbeholfen, durch die Haare. »Ich freu mich so für dich, mien Deern!« Vollkommen gerührt wische ich eine Träne aus dem Augenwinkel. Ich habe es über die Wochen gar nicht gemerkt: Sie alle sind wie eine Familie für mich geworden. Selbst Jan, der die meiste Zeit damit beschäftigt ist, Marta den Hof zu machen oder nervige Sprüche von sich zu geben, ist mir ans Herz gewachsen.

Es wird ein ausgelassener Markttag. Ich bin auch sonst ein übermütiger Mensch, der mit seiner Laune sein Umfeld mitreißt. Wenn ich nicht gerade von meinem langjährigen Partner verlassen worden bin. Aber heute brennt die Stimmung an unserem Marktstand.

Wir sticheln und lachen und feixen um die Wette. Ich erzähle von Axels Slimfit-Hemd, und wie ausnehmend gut er darin aussah.

»Das würde mir auch gut stehen!«, knurrt Willi und streicht liebevoll über seinen Bauch.

Die Stunden rasen dahin. Dann sehe ich aus den Augenwinkeln heraus Volker und Eva. Ich kann aus der Ferne erkennen, wie Eva irgendetwas sehr nachdrücklich zu Volker sagt. Streiten die sich etwa? Volker hat seinen Demutsblick drauf und nickt schuldbewusst.

Wie gleichgültig mir das ist! Wie leicht ich mich fühle. Carlos, der es sich zur Gewohnheit gemacht hat, während der Marktstunden immer mal wieder seinen Käsestand zu verlassen, um bei uns vorbeizuschauen, fragt Astrid: »Was ist denn mit Lilith los? Sie ist so, so ...?«

»Verliebt?«, »Verrückt?«, »Liebestoll?«, helfen ihm meine lieben Kollegen.

Und Astrid sagt auch nur: »Die Liebe!«, dabei lächelt sie in Carlos' dunkle Augen, und ich sehe, wie sich über beide Gesichter eine leichte Röte zieht. Cleo stößt mich von der Seite an und raunt mir zu: »Ist wohl ansteckend.«

Die Zeit rauscht nur so dahin. Am Ende des Markttages ist die übrige Ware wieder in der Scheune und im Nebengebäude verstaut.

»Ich muss leider gleich los«, sage ich entschuldigend zu Cleo und Florian, die mit mir vor der Scheune stehen. Die anderen sind bereits im Haus, bei Kaffee und köstlichem Kuchen von Marta. Schade, ich wäre gerne bei ihnen. Aber ich habe Esra versprochen, gleich nach der Arbeit bei ihr vorbeizukommen und alles zu berichten. Lukas ist heute krank, weswegen sie von zu Hause aus arbeitet.

Der rote Tiger (einen anderen Namen hat die Katze wirklich nicht) hüpft eben noch in die Scheune, bevor wir die Türen schließen können. Und Fritz, der Haus- und Hofhund, springt aufgeregt zwischen uns dreien hin und her.

»Klar, geh nur«, sagt Florian.

»Wir sagen den anderen Bescheid«, ergänzt Cleo. »Bis Mittwoch dann. Und noch eine schöne Zeit bis dahin.«

»Danke«, rufe ich den beiden zu, während ich mich auf den Roller setze, ihn starte und den Hof verlasse.


Esra steht schon in der Haustür, als ich mit Trude in ihre Einfahrt einbiege. Sie hat eine Zigarette im Mund und nimmt einen kräftigen, hektischen Zug. Oha, sie muss wirklich im Stress sein, denn normalerweise raucht sie nur auf Feiern. Und dann meist auch nur eine oder zwei Zigaretten. Wir umarmen uns und gehen ins Haus, wo uns Lukas´ röchelndes Husten willkommen heißt.

»Er braucht seine Medizin«, sagt Esra. Ich betrachte sie. Ihr sonst schwarzglänzender, akkurat geschnittener Bob wirkt heute stumpf und fransig. Und sind das etwa schon ein paar graue Strähnen, die ich da am Ansatz entdecke? Fahrig legt sie eine Hand auf die Türklinke und will mit der Zigarette in der anderen das Zimmer ihres Sohnes betreten.

Sanft halte ich sie zurück. »Ich mache das. Wie viel bekommt er von was?«

Esra seufzt ergeben. »Ich weiß, ich bin eine Rabenmutter. Aber wenn etwas schief geht, dann richtig. An der Arbeit ist die Hölle los, auch Martin hat heute nur wichtige Termine, seine und meine Eltern sind im Urlaub, und kein Babysitter hatte Zeit. Ich weiß, ich weiß«, ergänzt sie, als sie meinen Blick sieht, »bei mir ist immer die Hölle los. Aber dieses Mal ist es wirklich noch mehr Hölle als sonst.« Ein erneuter Hustenanfall ihres Sohnes unterbricht sie. »Mein armes, krankes Baby!« Sie wirkt verzweifelt.

»Also«, wiederhole ich ruhig, »erstens: Du bist keine Rabenmutter. Zweitens: Wie viel von was?«

»Zwei Esslöffel von dem rosafarbenen Sirup. Und den Rücken und die Brust mit der Salbe einreiben.« Esras sonst so kämpferische Augen wirken kraftlos.

»Alles klar.« Ich streichel ihr über die Wange und drücke die angelehnte Tür zu Lukas' Zimmer

164

auf. Ich blicke ihr nach, wie sie dem drängenden Telefonklingeln aus ihrem Arbeitszimmer entgegeneilt.

Dann betrete ich das Krankenzimmer. Die Jalousien sind bis auf einen schmalen Spalt heruntergelassen, so dass das Zimmer im Halbschatten liegt. Ich gehe zu Lukas' Bett und suche seinen dunklen Schopf. Ein Paar müder Augen blinzelt mich an. »Tante Lilith?« Wieder das angestrengte Husten. Ich setze mich auf die Bettkante und streiche ihm über die feuchte Stirn.

»Ja, mein Großer«, sage ich mit einem bemühten Lächeln. Der Anblick des kleinen Mannes ist wirklich herzerweichend.

Auf dem Nachttisch steht die Medizin. Ich nehme den Löffel, der daneben liegt, und träufle die rosafarbene, zähe Flüssigkeit darauf.

»Hier, mein Schatz, der erste Löffel.«

Brav öffnet Lukas seinen Mund und schluckt den Sirup hinunter.

»Schmeckt das?«, frage ich und verziehe spielerisch skeptisch mein Gesicht. Lukas kichert. Er ist so ein tolles Kind. Ein Schmerz der Wehmut durchzuckt mich. Volker hat immer ein Kind gewollt, mindestens eins, hat er gesagt. Aber irgendwie waren Kinder in meinen Vorstellungen nie vorgekommen, weswegen ich ihn stets vertröstet habe. Und jetzt bekommt er ein Mädchen mit Eva. *Nein, Lilith, tu das nicht,* schimpfe ich mit mir, schiebe den schmerzhaften Gedanken beiseite und fülle den Löffel ein weiteres Mal. Ich führe ihn zu Mund und Nase und rieche daran. »Das ist ja furchtbar!« Ich werfe meinen Kopf zurück und verdrehe die Augen. Lukas ist begeistert. Und ganz der tapfere, kleine Krieger sagt er mit zartem Stimmchen: »Tante Lilith, ich nehme das.« Und schon verschwindet die zweite Portion in seinem Mund.

»Du bist toll! Und jetzt noch die Salbe?« Er nickt, setzt sich unter Mühe auf, zieht sein Hemd hoch, und ich creme ihm Brust und Rücken ein. Der Geruch von Thymian, Minze und Eukalyptus weht durch das Kinderzimmer.

Auf seinem Nachttisch entdecke ich ein Pixi-Heft: »Der Glückliche Löwe«

»Soll ich dir daraus vorlesen?«, frage ich. Ein schwaches Nicken und ein frohes Lächeln sind die Antwort. Ich komme nur bis Seite vier, dann wird Lukas' Rasseln immer gleichmäßiger. Ganz eng kuschelt er sich an Plüschhund Bruno. Ein Geschenk von mir zu seinem zweiten Geburtstag.

Leise erhebe ich mich und verlasse das Zimmer.

Im Flur schlägt mir der Geruch nach viel zu vielen Zigaretten entgegen. Esra wird ganz schön lüften müssen. Martin hasst Zigaretten, ihren Geruch, den Rauch und den klebrig-gelben Belag, der an allem haften bleibt.

Ich betrete gerade das Arbeitszimmer, als Esra ein Telefonat beendet. Das Zimmer bildet eine abweisende Einheit aus Glas, schwarzem Lack und glänzendem Stahl. Ich bin nur froh, dass Martin im Rest der Wohnung seinen Willen durchgesetzt hat.

Esra begründet ihre Einrichtungsvorliebe für ihren Arbeitsplatz wie folgt: »Ich brauche das Harte, das Emotionslose. Das gibt mir die notwendige Energie.«

Ihr Büro im Verlag sieht im Übrigen identisch aus.

Sie will sich eine zweite Zigarette anzünden, wobei der Aschenbecher bereits überquillt. Besänftigend lege ich meine Hand auf ihre.

»Nicht«, sage ich.

»Du hast ja recht! Phhhh«, entfleucht die Luft ihren Lungen wie aus einem Luftballon. Anschließend strafft sie die Schultern und wirft mir einen neugierigen Blick zu. »Und jetzt erzähl! Und zwar ein bisschen mehr als nur *Vielen Dank*, wenn ich bitten darf. Aber, Moment.« Sie eilt aus dem Zimmer und ist im Nu mit zwei Gläsern und einer Flasche Prosecco wieder zurück. Sie gießt jedem einen Schluck ein und macht es sich in ihrem Stuhl bequem. »Jetzt kannst du beginnen.«

In der nächsten Stunde berichte ich von meinem gestrigen Abend mit Axel, nur unterbrochen von ihren Nachfragen und zwei beruflichen Telefonaten.

»Und morgen seht ihr euch bereits wieder? Und es kam von ihm aus! Sehr gut, Lilith, das ist sehr gut! Du musst zugeben, dass ich diesmal genau richtig lag.«

Bevor ich ihr huldigen kann, klingelt erneut das Telefon. Gleichzeitig bellt Lukas' rasselnder Husten durch den Flur und bettelt um Aufmerksamkeit.

»Geh du nur ans Telefon, ich kümmere mich um Lukas.« Ein kurzes, dankbares Lächeln huscht über ihr Gesicht, bevor sie den Hörer in die Hand nimmt.

Die nächsten zwei Stunden lese ich Lukas und Bruno vor, gebe beiden ihre Medizin und reibe Brust und Rücken ein. Immer, wenn der kleine Mann zwischendurch wegdöst, schiele ich auf mein Handy. Keine Nachricht von Axel. Ich bin ein wenig enttäuscht. *Aber was soll er auch groß die ganze Zeit schreiben?*, beruhige ich mich.

Um kurz vor 18.00 Uhr leuchtet mein Display auf. »Hallo, schöne Marktfrau. Wollen wir uns morgen um 14.00 Uhr in der Stadteisdiele treffen? LGA«

Sofort beginnen meine Wangen zu glühen, und mein Herz dreht Pirouetten.

»So, so, *schöne Marktfrau*.« Ich springe auf und stoße mit Martins Kopf zusammen, der sich leise wie ein Kätzchen ins Zimmer geschlichen hat.

»So ein Mist!«, entfährt es mir, und auch Martin schleudert einen Fluch von sich. Ich lege meinen Zeigefinger an die Lippen und flüstere: »Schhh, wir dürfen Lukas nicht wecken.«

Leise stehlen wir uns aus dem Krankenzimmer und gehen in Esras Arbeitszimmer. Mir fällt bereits im Flur auf, dass es verdächtig nach Raumspray riecht, und der überquellende Aschenbecher von vorhin ist von ihrem Schreibtisch verschwunden. Martin gibt seiner Frau einen Kuss und streicht ihr durch's Haar. Ich liebe es, die beiden zu beobachten. Ich weiß, dass sich jeder der beiden selbst genug ist und mit seinen Beinen im Leben steht.

Aber wenn sie aufeinandertreffen, ist da so viel Liebe und Wärme. Und Lukas macht ihr Glück perfekt.

Martin löst sich von Esra. »Hm, lecker Zigarette«, zieht er sie auf.

»Jaja, ich weiß«, murrt seine Frau zurück. »Aber es war auch ein anstrengender Tag, und ich entschuldige mich für rein gar nichts!«

Martin und ich grinsen, dann sagt er: »So, und nun zu dir. Wie war dein Abend mit Axel?«

Bevor ich antworten kann, erzählt Esra ihm alles. Und das muss man ihr lassen: Sie hat nichts vergessen.

Es ist bereits 21.00 Uhr, als ich auf Trude nach Hause tuckere. Und es ist noch taghell. Ich liebe den Sommer mit seinen langen Abenden. Aber zur Zeit liebe ich ja sowieso quasi jeden und alles. Zu Hause angekommen, tippe ich - noch auf Trude sitzend - »14.0 Uhr passt großartig! Ich freue mich! LGL« in mein Handy. Als Nächstes rufe ich meine Mutter an und erzähle ihr die Kurzfassung.

Todmüde von einem langen Tag, der vorhergehenden kurzen Nacht und den schmetterlingshaften Gefühlen falle ich anschließend in mein Bett und in einen tiefen Schlaf.

# Kapitel 13 – Ding, ding, ding, ding, ding! Achtung, hier kommt Wolke 7!

Es ist kurz vor 14.00 Uhr am nächsten Tag. Ich habe mich für ein leichtes Sommerkleid entschieden, und die Temperaturen von beinahe 30 Grad geben mir recht. Außerdem habe ich heute den Bus in die Stadt genommen. Frau weiß ja nie ...

Der Marktplatz ist überfüllt mit fröhlichen Menschen, die das warme Wetter genießen. Sie sitzen an den Tischen der Cafés oder lümmeln sich auf den Bordsteinen der Bürgersteige. Der Lieblingsort aber ist der Brunnen mitten auf dem Marktplatz. Auch die Plätze des Eiscafés scheinen alle besetzt zu sein. Die Tische biegen sich unter gewaltigen Eisbechern mit farbenfrohen Schirmchen und prickelnden Getränken. Fröhliches Lachen und angeregte Gespräche runden das sonnigleichte Schauspiel ab.

Ich lasse den Blick über das bunte Treiben schweifen und bleibe an einem großen und gutaussehenden Mann hängen, der mir von seinem Tisch freudig zuwinkt. Mein Herz öffnet sich: Axel!

Leichten Schrittes schwebe ich durch die Reihen. »Zauberhaft!« Nur dieses eine Wort zur Begrüßung, während er mich mustert. Dann nimmt er meine Hand und küsst sie zärtlich. Ich erschnuppere seinen Duft und bin hin und weg.

»Du siehst aber auch sehr gut aus!« Und das tut er wirklich. Er trägt ein pflaumenfarbenes Poloshirt, das das Grau seiner Augen besonders gut zur Geltung bringt.

Es wird ein so schöner Nachmittag. Beide bestellen wir einen Becher Spaghetti-Eis, natürlich mit Vanilleeis, Erdbeersirup und Kokosraspeln. Und im Herzen des Eises erwartet uns köstlich gefrorene Sahne, die leicht knackt, als ich mit dem Löffel zu ihr durchstoße.

Ich freue mich wie ein Kind und muss kichern.

»Was ist?«, fragt Axel.

»Ach nichts. Es ist nur einfach alles so, so …«, ich suche nach den passenden Worten, als ob ich keine zweite Möglichkeit hätte, diese zu korrigieren, »so leicht und unkompliziert mit dir.« Schließlich gebe ich es zu: »Ich bin gern mit dir zusammen.« So, jetzt ist es raus. Ich habe gegen eine der wichtigsten Regeln der *erstes-bis-drittes-Date-Gebote* verstoßen. Aber es ist, wie ich es sage: Ich genieße die Zeit mit Axel, und die Therapeutin in mir findet, dass das auch gesagt werden muss.

»Mir geht es doch genauso«, lächelt mich Axel an und hält mir seinen Löffel wie ein Glas Prosecco entgegen. »Auf die Leichtigkeit!« Und wir stoßen mit unseren Löffeln auf seine Worte an.

Nach dem Eis schlendern wir zu dem Hafen der Stadt. Er ist winzig und ganz entzückend. Kleine Boote, größere Fischkutter und einige Yachten schaukeln im Hafenbecken. Farbenfrohe Fahnen zieren die Boote und flattern im Sommerwind. Wir gehen durch die Menschenmasse, ohne sie wirklich wahrzunehmen. An einer der Fischbuden holen wir uns zwei Fischbrötchen. Er mit Lachs, ich mit Krabben. Jeder nimmt einen Bissen vom Brötchen des anderen.

Wir reden viel und springen luftigleicht zwischen unkomplizierten und ernsteren Themen hin und her.

Am frühen Abend betreten wir eine kleine Trattoria mit rotweiß-karierten Tischdecken. Ich bin sofort in die Einrichtung verliebt. Auf den Tischen stehen leere Weinflaschen, gefüllt mit brennenden Kerzen, deren Wachs am Flaschenhals erkaltet ist. In kleinen Aranciataflaschen leuchten Ringelblumen. Zielstrebig geht Axel durch das Restaurant und in den dahinter versteckt liegenden Garten. So romantisch! Er bestellt für jeden von uns einen Aperol Spritz und Erdnüsse zum Knabbern. Wir sind nicht wirklich hungrig, der Eisbecher, das Fischbrötchen und die Verliebtheit haben uns vollkommen gesättigt. Jedenfalls gilt das für mich. Immer wieder finden sich unsere Fingerspitzen, und wir lächeln uns an.

Nach dem zweiten Glas Aperol bittet Axel den Kellner, uns ein Taxi zu bestellen. Jetzt beginnt mein Herz wirklich bis zum Hals zu schlagen. Im Kopf gehe ich folgende Dinge durch: Die Wohnung ist aufgeräumt, meine Unterwäsche ist schlicht aber schick. Die Kondome liegen unauffällig griffbereit in der Schublade des Nachttisches.

Erwartungsvoll sehe ich Axel an, als das Taxi vor meiner Wohnung hält. Mit einem leicht entschuldigenden und gequälten Lächeln blickt er zurück.

»Tut mir leid, Lilith. Aber ich muss nach Hause. Ich habe morgen ein wichtiges Meeting, und ich möchte ausgeschlafen sein.« Er nimmt meine Hände und führt seine Lippen über die Fingerspitzen. »Es war wirklich ein wunderschöner Tag. Lass uns das ganz bald wiederholen.«

Ich nicke nur und steige aus. Kurz bevor ich die Tür des Taxis schließe, ruft er mir noch zu: »Du verstehst das, nicht wahr?« Seine Augen sehen mich bittend an.

»Natürlich«, sage ich, etwas belegt, und hoffe, dass er meine Enttäuschung in der Dämmerung nicht erkennt.

»Vielleicht Freitagabend?«, fragt er. Schlagartig weicht meine Enttäuschung der Vorfreude.

»Gerne!«

»Ich melde mich bei dir«, sind seine letzten Worte, bevor das Taxi losfährt. Lächelnd blicke ich den roten Lichtern hinterher, bis das Taxi in einer Seitenstraße verschwindet.

\*\*\*

Die nächsten Wochen sind einfach einzigartig und ... zauberhaft! Axel und ich sehen uns mindestens zweimal in der Woche. Und ständig hat er neue Ideen, was wir unternehmen können. Wir besuchen Konzerte, gehen ins Autokino und verabreden uns für ein Picknick. Er nimmt mich mit zu Lesungen. Es ist bunt, es ist leicht, und ich kann sagen: Es ist einfach eine wunderbare Zeit mit einem wunderbaren Mann! Wir reden so viel und über alles. Wir lachen, necken uns. Nur, ... das mit dem Küssen und dem Übernachten, das will nicht so wirklich klappen. Aber egal, ich kann warten.

An den Markttagen versprühe ich meine gute Laune und genieße die Arbeit mit den Mithelferinnen und -helfern, den Verkauf der Ware und den Kontakt mit den Kunden. Alles fühlt sich so unbeschwert an.

»Das hast du dir *sowas* von verdient! Nach diesem ganzen Volker-Elend wurde es Zeit für etwas mehr Axel in deinem Leben!« Esra hat ja *sowas* von recht!

Der Sommer neigt sich gemächlich Richtung Herbst. Die Bauern fahren ihre Ernte ein, und wir bieten die ersten Äpfel der Saison an. Unter die Schwüle der Sommerluft mischt sich bereits eine Spur des modrigen Herbstgeruchs. Ich liebe diese Zeit, auch, wenn sie mich gleichzeitig etwas traurig macht. Es heißt Abschiednehmen von der Wärme und Fülle des Sommers und zugleich die Zeit des Erntens und Vergehens willkommen zu heißen.

Es ist ein Freitagabend, und es sind beinahe acht Wochen seit unserem ersten Treffen vergangen. Axel hat vorgeschlagen, im Santa Lucia zu Abend zu essen. Er hätte mir etwas Besonderes zu sagen!

Das Blut schnellt in meinen Kopf! Ding, ding, ding, ding, ding! Heute ist es soweit! Ich spüre das! Heute wird er mir seine Liebe gestehen. Davon bin ich felsenfest überzeugt. »Sei auf alles vorbereitet!«, bestärkt mich Esra. »Und lass Trude zu Hause. Aber nicht zu viel trinken, so, dass du noch Frau deiner Sinne bist. Und danach will ich alles wissen, hörst du? Alles!«

Ich grinse, während ich an ihre Worte denke und in das Taxi steige, das mich zu meinem perfekten Date bringen wird.

Als ich das Santa Lucia – pünktlich um zwei Minuten vor halb acht – betrete, fühle ich mich weiblich, stark und einfach großartig! Ich lächle Giovanni, der mir eilig entgegenkommt, strahlend an. Bewundernd mustert er mein Outfit: Rotes Kleid unter schwarzem Trench, dazu trage ich schwarze, hohe Schuhe. Bei Axel geht das, denn selbst mit Absatzschuhen überragt er mich noch. Volker fand es furchtbar, wenn ich hohe Schuhe getragen habe, dann war er nämlich etwas kleiner als ich.

In Giovannis Blick erkenne ich aber nicht nur Bewunderung, auch etwas Fragendes blitzt in seinen dunklen Augen. Unsicher sehe ich an mir hinab. Stimmt irgendetwas nicht?

Ganz Giovanni nimmt er mich in seine Arme. Ich rieche Essengerüche, nassen Abwaschlappen, leichten Schweiß und Reste eines Deos.

»Che Bella!«, tönt er. Lauter als sonst. Ich löse mich aus seiner Umarmung. Er bedeutet mir, ihm zu folgen, und führt mich zu dem Tisch, den Axel für uns reserviert hat. Es ist genau derselbe Tisch, an dem wir an unserem ersten Abend gesessen haben. Dass er daran gedacht hat! Mein Herz schlägt höher, vor allem, als ich sehe, dass Axel bereits da ist.

Seine Augen huschen leicht nervös zwischen Giovanni und mir hin und her. Ich lächle beruhigend zurück. Er soll sich wohl fühlen, entspannt, sicher, bevor er mir ...

Mein Lächeln gefriert, als ich den Mann neben Axel entdecke. Deutlich jünger als er selbst, kurzes, welliges, honigblondes Haar, braungebrannt. Dunkle Augen, die mir entgegenblitzen.

Bevor ich mich fragen kann, warum der Jüngling da sitzt und mich unfreundlich mustert, erreiche ich die beiden. Axel springt auf und nimmt meine Hände in die seinen. *Aha, sonst gab es immer noch einen Kuss auf die Wange. Was ist hier los?* Ich registriere einen leichten Schweißfilm auf seinem haarlosen Haupt. Ich bemühe mich um ein Lächeln, als er sagt: »Hallo, Lilith, wie zauberhaft du wieder aussiehst. Darf ich vorstellen? Das ist Tim. Tim, das ist Lilith. Ich hab dir ja schon so viel von ihr erzählt. Ist sie nicht umwerfend?« Anschließend muss Axel erst einmal tief Luft holen. Seine Anspannung legt sich wie eine Glocke über den Tisch. Und wir drei mitten drin.

*Interessant,* denke ich etwas verwirrt. *Er hat Tim schon so viel von mir erzählt. Ich dagegen weiß überhaupt nichts von dem Knaben.*

Tim steht auf, wir schütteln unsere Hände, sagen aber nichts. In seinen Augen kann ich es lesen, und zwar deutlich: Er kann mich nicht ausstehen! *Macht gar nichts,* antworte ich ihm mit eisigem Blick, *das Vergnügen ist ganz auf meiner Seite!*

»Nehmt doch Platz«, sagt Axel, als Tim und ich keine Anstalten machen, uns zu setzen. Langsam gleiten wir auf unsere Stühle.

Giovanni kommt an unseren Tisch geeilt, drei Gläser Prosecco und die Speisekarten in seinen Händen balancierend. Er stellt vor jeden ein Glas und sieht uns erwartungsvoll an.

»Wollen wir etwas gemeinsam bestellen?«, fragt Axel. Seine Augen wandern ängstlich zwischen Tim und mir hin und her. Ich lächle ihn an und will gerade etwas sagen, da kommt mir der Jüngling zuvor.

»Axel«, seine Stimme klingt nasal und arrogant, »du weißt doch, dass ich dieses *von-einem-Teller-essen*«, er malt Gänsefüßchen in die Luft, »nicht ausstehen kann!« Und, um das ganze Theater noch abzurunden, ergänzt er: »Außerdem mache ich gerade eine Diät!« Sorgenvoll zieht er seine Stirn in Falten, soweit ihm das bei der Spannkraft seiner jugendlichen Haut möglich ist, und streicht über einen nicht vorhandenen Bauchansatz, der sich unter einem giftgrünen Ralph Lauren Poloshirt verstecken soll.

»Aber da ist doch gar nichts«, versucht Axel ihn auch schon gleich zu beruhigen.

»Noch nicht!«, blafft dieser zurück.

*Wie ein altes Ehepaar*, grinse ich ein ganz klein wenig boshaft in mich hinein. Dann aber schwappt eine Ahnung an meinem Bewusstsein entlang und hinterlässt ein eisiges Gefühl.

Ich unterdrücke die plötzlich aufkeimende Panik und antworte Giovanni: »Wir benötigen noch etwas Zeit für unsere Bestellung, danke.«

Ich kann sehen, wie es ihm sichtlich schwerfällt, mich mit dem »alten Ehepaar« alleine zu lassen. Ich drücke seine Hand. »Ist schon gut«, flüstere ich. Wenig überzeugt nickt er und geht.

Ich atme tief ein und besänftige so mein Herz, das in einer teerigen Masse unruhig hin und her wankt. Ich wende mich Axel zu. Mit der letzten mir zur Verfügung stehenden Freundlichkeit sage ich: »Nun, magst du mir erzählen, was es mit diesem Dreier-Treffen auf sich hat?«

Nein! Natürlich will ich es nicht wissen! Der Knabe soll gehen, verschwinden! Und dann geht alles so weiter, wie Esra und ich es uns im Vorhinein ausgemalt haben.

Das eisige Gefühl sendet Nachrichtenfetzen an mein Hirn. Und was da ankommt, ist mehr als grauenerregend.

Wie, um dieses Gefühl in mir weiter zu schüren, sagt der Jüngling genüsslich: »Ja, Axel, so sag es ihr doch endlich.«

Mit letzten Kräften schaffe ich es, ihm einen verächtlichen Blick zuzuwerfen, der ihm sein Grinsen aus dem Gesicht wischt. Ich entspanne meine Augen und sehe wieder Axel an. Äußerlich bin ich ruhig, innerlich tanzend auf dem Vulkan.

»Äh, nun, ja«, druckst Axel herum, während Tim neben ihm die Augen verdreht und anklagend mit seinen manikürten Händen auf die Tischplatte trommelt.

»Nun sag es ihr schon!«

Axel wischt sich mit der Serviette den Schweiß von Kopf und Stirn, nimmt einen Schluck Prosecco und versucht es erneut: »Der Tim und ich haben uns vor einigen Monaten kennengelernt.«

*Aha,* denke ich, *also höchstens ein, zwei Monate, bevor WIR uns zum ersten Mal getroffen haben.*

»Für mich war das etwas vollkommen Neues.«

Für mich ist vollkommen neu, dass der in allem wohlgeformte Axel so herumstottern kann.

»Ungeplant, explosionsartig, einzigartig«, fährt der fort und blickt liebevoll in des Jünglings Augen. »Auch, wenn ich in jungen Jahren ... Na ja.« Er unterbricht sich nur kurz und kichert. »Wie man sich halt so ausprobiert. Aber dann war ich nur mit Frauen zusammen.«

Der Knabe gibt ein verächtliches Grunzen von sich. Axel legt eine Hand auf seine. Diese Geste ist so liebevoll, so innig, so viel mehr, als das, was in den vergangenen Wochen zwischen uns geschehen ist. Es raubt mir die Luft. Nur noch Wortfetzen dringen in mein Bewusstsein.

»Tim bestand darauf ... Um ganz sicher sein zu können, dass ich doch keine Frauen ..., sondern Männer und hier natürlich nur ihn liebe ... Da waren die Treffen mit dir so ein Segen ... Schöne Zeit ..., aber ... Tim und ich werden zusammenziehen. Ich hoffe, du verstehst ...«

Das Atmen fällt mir immer schwerer, meine Augen suchen einen Halt und wandern ziellos im Raum umher.

Da höre ich ein Lachen. *Das kenne ich doch, oder treiben meine Erinnerungen ein grausames Spiel mit mir, um mich noch mehr zu demütigen?* Ich beuge mich etwas vor, und für einen kurzen Augenblick schärft sich die Sicht. Was ich da erkenne, will ich nicht sehen. Nicht jetzt, nicht hier und überhaupt nie: Volker und Eva an einem der anderen Tische etwas weiter hinten – ich vor ihnen verborgen. Aber dafür kann ich von meinem Platz aus ihrer beider Verliebtheit beobachten. Eva, mittlerweile kugelrund, lacht über irgendetwas, das Volker gerade gesagt hat, dann streift er ihr liebevoll eine Strähne aus dem Gesicht.

Gnädigerweise hat mein Bewusstsein eine Einsicht, und alles um mich herum verschwimmt erneut. Axels Stimme wird wieder deutlicher, aber ich ignoriere ihn. Mechanisch nehme ich mein Glas Prosecco in die Hand und stürze es in einem Zug hinunter.

*Perfekte Kleidung, perfekte Manieren, wohlgeformt, slimfit-tauglich, Prosecco, zauberhaft, gehauchte Küsse!* Ich muss gestehen, ich wollte die Zeichen nicht sehen.

Ich muss hier raus! Ich erhebe mich und gerate ins Straucheln. Jemand nimmt mich leicht am Arm und leitet mich in Richtung Ausgang. Es ist Giovanni. Ich nehme seinen Arm, versuche mich an einem Lächeln, weiß aber genau, dass es verrutscht. Giovanni führt mich an den Tischen vorbei zum Ausgang. Dort stoße ich mit jemandem zusammen. Wieder schärft sich für einen Moment mein Umfeld. Das ist doch Ben. Der Speed-Dating-Ben! Und wem hält er da die Tür auf? Klar, einer Frau, und auch klar, einer sehr jungen Frau! Männer! Ich spüre, wie Verachtung und Zerstörungswut in mir aufwallen.

»Pass doch gefälligst auf!«, zische ich.

Ich sehe, dass Ben mich erkennt. Er sieht mich erstaunt an, aber bevor er etwas erwidern kann, sitze ich in dem Taxi, das Giovanni für mich bestellt hat.

Zu Hause angekommen, schalte ich mein Handy aus und lasse mich auf's Sofa fallen. Ich starre in die Leere, bis die nächtliche Dunkelheit sie verschluckt.

# Kapitel 14 – Wenn du es eilig hast, gehe langsam

»Wenn du es eilig hast, gehe langsam. Wenn du es noch eiliger hast, mache einen Umweg.« Weisheit aus Japan.

Normalerweise versuche ich, danach zu handeln, danach zu leben. Allerdings habe ich in den vergangenen Wochen – um genau zu sein, seit dem Volker-Abend – nicht mehr darauf geachtet, habe mich sogar gegen meine Intuition gewehrt. Ich wollte so gerne, dass es klappt, mit jeder Faser meiner verletzen Seele. Und was ist passiert?

Gleich zweimal verlassen innerhalb kürzester Zeit. Und jetzt wieder allein. Und wieder sitze ich auf dem Sofa, in eine Decke gehüllt, eingekuschelt, eingegraben. Aber dieses Mal steht anstelle eines Glas Rotweins ein Becher Tee vor mir. So gerne ich diesen ureigensten, welttiefsten Schmerz mit einem Schluck, eher einer Flasche Rotwein, betäuben würde. So gerne ich die letzten Wochen und Monate mit dem Genuss vergorener Trauben ertränken würde. Ich muss und möchte klar bleiben, das Vergangene verstehen, den Schmerz, die Trauer zulassen.

Esra, mit der ich heute Morgen lange telefoniert habe, wollte sofort vorbeikommen. Aber ich konnte sie davon abhalten, indem ich ihr versicherte, dass es mir – den Umständen entsprechend – gut geht. Außerdem möchte ich lieber alleine sein. Sie war wirklich entsetzt von Axels Beweggründen und hat mir hoch und heilig versprochen, sich nie, nie wieder in mein Liebesleben einzumischen.

»Zumindest vorläufig!« Ist klar.

\*\*\*

Jetzt ist es Samstag, früher Abend. Meine Eltern waren gerade da, mit selbstgebackenem Pflaumenkuchen mit Streuseln und Sahne. Eines ihrer Allheilmittel für und gegen alles. Unaufhörlich hat meine Mutter von irgendwelchen Nachbarn und ihren Allerweltsproblemen geplappert. Normalerweise machen mein Vater und ich uns darüber lustig. Heute haben wir aber geschwiegen.

Der Samstag geht in den Sonntag über, und ich sitze immer noch auf dem Sofa. *Wie Buddha*, denke ich, *verharrend in tiefer Meditation.*

Und so langsam werden die Bilder klarer, deutlicher, ja, gestochen scharf. Natürlich hätte es mit Axel klappen können. Also nicht direkt mit Axel, denn der ist ja schwul. Und ich wollte einfach die kleinen und größeren Gesten nicht wahrhaben, da ich so auf mein vorgefertigtes Bild fixiert war. Ich muss ehrlich mit mir sein.

Axel hat mir heute Morgen eine Nachricht gesendet. Blabla, wie leid es ihm täte, wie schlecht er sich fühle. Aber es wäre das einzig Richtige. Und noch mehr Blablabla. Ich sperre seinen Kontakt und lösche unseren Chat.

Ja, es hätte klappen können, mit dem Richtigen. Aber Tatsache ist auch, dass ich mir nicht genügend Zeit gegeben habe. So ein bisschen Job-Sabbatical reicht halt nicht, um Schmerz und Erinnerung zu überwinden und sich zu erneuern. Das braucht schon ein wenig mehr.

Ich rufe Astrid an und melde mich für die gesamte kommende Woche krank. Ich habe ein wirklich schlechtes Gewissen, aber ich sehe nicht, wie ich es schaffen soll, irgendjemandem gegenüberzutreten, geschweige denn, fröhlich unsere Kunden zu bedienen.

Astrid ist sehr besorgt, was das ungute Gefühl natürlich noch schürt. Ob ich irgendetwas brauchen würde.

»Nein, danke«, sage ich und der Engel auf meiner Schulter zieht heftig an einem Ohr. Trotzdem fahre ich fort: »Ich muss einfach viel schlafen und viel Tee trinken.«

Und das tue ich auch. Ich schlafe viel und ausgiebig. Fahre mit Trude durch die Umgebung und gehe im Wald spazieren. Weit außerhalb, weit weg von Menschen. Ich lebe in den Tag hinein. Bin traurig, wenn der Schmerz kommt, lasse ihn zu, ja, gebe ihm liebevoll Raum. Ganz lehrbuchgetreu. Auch in der nächsten Woche rufe ich auf dem Hof an. Dieses Mal spreche ich mit Willi, der gleich vorbeikommen und mir gesundes Obst und Gemüse bringen möchte. Nur mit Mühe kann ich ihn davon abhalten.

»Nein, wirklich, ich brauche nichts!«

*\*\**

Die zweite Woche fülle ich wie die erste mit ausreichend Schlaf und wenig Kontakt zu anderen. Und am Mittwochmorgen spüre ich endlich so etwas wie Frieden in mir aufkeimen.

Am Freitagabend, ich bin gerade dabei, mir ein Abendbrot zuzubereiten, klingelt das Telefon. Die Nummer ist unterdrückt. Ich beschließe, den Anruf zu ignorieren. Allerdings hört das Schrillen nicht auf, und ich nehme das Telefonat an.

Beinahe vorsichtig sage ich: »Dom, hallo?«

Ich erkenne die Stimme am anderen Ende der Leitung sofort. Samten, schokoladig, sahnig, wie Lizz Wright. Es ist Marta.

»Hallo, Lilith«, beginnt sie in ihrem leicht wiegenden Tonfall. »Es tut mir wirklich sehr leid, dich zu stören. Wie geht es dir?« Ich ahne, dass die Frage nach meiner Befindlichkeit nicht der wahre Grund ihres Anrufs ist. Außerdem meldet sich mein schlechtes Gewissen, das durch meinen inneren Schmerz gut überdeckt war. Sofort sage ich: »Danke, es geht mir schon viel besser.« Vorsichtshalber füge ich hinzu: »Und ich freue mich schon darauf, euch alle am Montag wiederzusehen.« *Seltsam*, denke ich, *und auch so schön*, als ich bemerke, wie wahr diese Worte sind. Ich freue mich wirklich auf meine Arbeit, meine Kollegen, den Hof und den Markt.

»Wie geht es bei euch?«

»Nicht so gut. Deswegen rufe ich an.«

»Was ist denn los?«, frage ich alarmiert. »Ist etwas mit Willi?« Immerhin ist der rüstige Ostfriese nicht mehr ganz taufrisch.

»Nein, Willi geht es gut.« Sie stockt. »Es ist Astrid. Sie hatte heute Vormittag einen Herzinfarkt und ist im Krankenhaus.«

»Einen Herzinfarkt?«, keuche ich. Doch nicht Astrid! Fit, rundum gesund, stark und immer ein Lächeln für alles und jeden.

»Ja«, bestätigt Marta meine Gedanken, »wir konnten es auch alle nicht glauben. Aber es ging ihr schon die ganzen letzten Tage nicht allzu gut. Sie dachte, sie hätte vielleicht nur eine Erkältung. Aber heute Morgen ist sie dann zusammengebrochen, und der Notarzt meinte: Verdacht auf Herzinfarkt. Was im Krankenhaus bestätigt wurde.« So viel habe ich Marta noch nie an einem Stück reden hören. Die Sorge um Astrid trifft sie sehr.

»Was kann ich tun?«

Nach einem kleinen Moment antwortet sie: »Wie gesagt, es tut mir wirklich leid, aber, wenn es dir einigermaßen geht, wäre es eine große Hilfe, wenn du morgen auf dem Markt helfen könntest.«

»Aber natürlich komme ich!«

Ein erleichterter Seufzer dringt durch den Hörer. »Vielen Dank, Lilith!«

Ich wehre ihren Dank ab. Mein schlechtes Gewissen wühlt in meinem Magen herum. Wir reden noch eine kleine Weile, wünschen uns eine gute Nacht und legen auf.

\*\*\*

Ich bin aufgewühlt, mache mir Gedanken um Astrid. Aber trotz eines unruhigen Schlafs erwache ich ausgeruht und vor dem Klingeln des Weckers.

Normalerweise schlägt mir immer eine aufgeregte Fröhlichkeit auf dem Hof entgegen: Fritz, der an mir hochspringt, wenn ich auf den Hof fahre, Cleo, die mir plappernd von irgendwelchen Studieninhalten berichtet, und auch die anderen, denen immer ein kecker Spruch auf den Lippen liegt. Aber heute sind alle belegt und traurig. Fritz lässt sich gar nicht blicken. Alle freuen sich, mich zu sehen und fragen, wie es mir geht. Aber ansonsten beladen wir den Transporter ohne viele Worte.

»Gibt es etwas Neues von Astrid?«, frage ich, was Marta verneint.

»Vielleicht weiß ihr Neffe ja mehr«, meint Jan.

»Ja«, stimmt Cleo ihm zu. »Wir fragen ihn gleich, wenn wir auf dem Markt sind.«

*Neffe?*, denke ich. *Ach ja, Astrid hatte mir von ihm bei unserem ersten Treffen erzählt. Der, der ihr bei dem Flyer geholfen hat.*

»Du hast ihn ja noch gar nicht kennengelernt», stellt Andrea fest. »Er arbeitet immer dienstags, donnerstags und samstags. An den anderen Tagen muss er zur Uni.« *Aha*, denke ich, *ein Student.*

Wie meist lenkt Florian den Transporter. Cleo und ich sitzen neben ihm, während Jan in Andreas Kombi mitfährt. Marta bleibt auf dem Hof und kümmert sich um die Büroarbeit.

Auf dem Markt angekommen, sehe ich, dass Willi mit einem Mann, wahrscheinlich dem Neffen, bereits Teile des Marktstandes aufgebaut hat. Willis weiße Mähne schaut unter einem der Regale hervor. Halb von einer Plane verdeckt, reicht ihm der andere Klammern, um das Regal zu befestigen. Dann schiebt er die Plane zur Seite und dreht sich nach vorne. Mir bleibt die Luft weg. Das kann doch nicht sein! Mit offenem Mund starre ich in Bens überraschte Augen.

Willi, der gerade unter dem Regal hervorkriecht, bekommt von all dem nichts mit. Als er mich erkennt, geht er mit einem breiten Lächeln auf mich zu und nimmt mich in seine Arme.

»Moin, mien Deern! Schön, dass du wieder dabei bist.« Dann verfinstert sich sein Blick urplötzlich, und gefühlte 1000 Falten durchfurchen sein Gesicht. Ich weiß genau, was in ihm vorgeht und sage flüsterleise: »Es ist so furchtbar, was Astrid passiert ist. Weißt du schon Genaueres?«

Willi nickt. »Ja, Ben war letzte Nacht bei ihr und ist vom Krankenhaus direkt hierhergekommen. Ach ja, ihr kennt euch ja noch gar nicht«, fügt er hinzu. Ahnungslos und ohne zu bemerken, dass Ben und ich uns misstrauisch beäugen, stellt er uns vor: »Lilith, das hier ist Ben, Astrids Neffe. Und das ist Lilith. Sie hilft hier heute aus. Normalerweise arbeitet sie immer montags, mittwochs und freitags. Da muss der Herr Professor ...«, hier kneift Willi Ben in die Wange, wobei er sich etwas nach oben recken muss, da er mindestens einen Kopf kleiner als Ben ist. »Da muss der Herr Professor«, beginnt er erneut, »seinen Studenten seine Weisheiten der Landwirtschaft vermitteln.« Er wendet sich von uns ab und grüßt die anderen, die bereits die Ware aus dem Transporter und dem LKW verladen.

»Hi«, bringe ich trocken hervor, als Ben und ich alleine sind. »Agrarökonomie, richtig?«

Sein »Hallo« klingt ähnlich euphorisch. Er nickt.

Wortlos stehen wir so für bestimmt eine kleine Ewigkeit da.

»Hey, wir könnten schon eure Hilfe gebrauchen!«, reißt uns Andreas Stimme aus unserem Augenduell. Wir lösen die Blicke, und jeder findet seine Arbeit.

Als wir mit allem fertig sind, trudeln die ersten Kunden ein, und Ben und ich haben keine Zeit mehr für weitere Blickwechsel.

Ich bekomme trotzdem Gelegenheit, ihn zu beobachten. Meist stehe ich neben Astrid, und da sie nicht da ist, nimmt Ben ihren Platz ein. Das passt mir anfänglich gar nicht. Immerhin hatte er meine Telefonnummer vom Speed-Dating, und er hat nicht angerufen. Jaja, ich hätte auch anrufen können, aber, dann war das mit Lars und mit Axel. Und außerdem erinnere ich mich an den Zusammenstoß im Santa Lucia. Er hat ganz bestimmt nicht angerufen, weil er jetzt so eine junge Freundin hat.

Aber es bleibt mir keine Zeit, mich in meinem Gedankenmief nach unten zu winden, die nächsten Kunden verlangen nach meiner Aufmerksamkeit.

Mit der Zeit, so muss ich gestehen, beginnt mir die Zusammenarbeit mit Ben sogar Spaß zu machen. Er ist immer ausgesucht freundlich zu den Kunden, hilft den Kollegen, wenn sie etwas nicht finden. Und mit seiner ruhigen und humorvollen Art (ja, wer hätte gedacht, dass der Herr Professor so spaßig sein kann) sorgt er für eine ausgeglichene Stimmung. Während wir anderen sonst immer etwas aufgekratzt sind (besonders ich, als ich im

Axelfieber war), wirken wir heute beinahe erwachsen. Ich muss grinsen. *Interessant,* denke ich.

»Was ist?«, höre ich ihn da fragen. Ertappt schüttele ich den Kopf.

»Alles gut«, sage ich und tue so, als müsste ich die Paprika sortieren.

Für meinen Geschmack viel zu schnell neigt sich dieser Markttag dem Ende zu. Wir räumen die Ware in die Fahrzeuge und bauen den Marktstand ab. Zwischendurch wandern meine Augen immer wie zufällig in Bens Richtung, und ab und an kreuzen sich dabei unsere Blicke.

***

»Astrid geht es besser, und sie lässt alle grüßen«, sagt Marta, als wir zum Hof zurückkehren und nach dem Wegräumen der Ware um den Küchentisch sitzen. Sofort prasseln die Fragen auf sie ein. Mir fällt auf, dass nur Ben und Willi sich zurückhalten. Willi ist damit beschäftigt, seinen Ostfriesentee mit einem Schluck aus seinem Flachmann zu veredeln. Ben hingegen wartet einfach ab, bis sich der Fragenstrom über Marta ergossen hat und sie endlich antworten kann.

»Ich habe vor einer halben Stunde mit ihr telefonieren können«, sagt sie. »Sie hat auch versucht, dich, Ben, zu erreichen, aber dein Handy war wohl aus. Sie würde sich freuen, wenn du dich nachher bei ihr meldest.« Er nickt, und Marta fährt fort: »Es geht ihr gut. Die Ärzte haben gesagt, dass es nur ein leichter Infarkt war. Sie wollen sie aber trotzdem ein paar Tage im Krankenhaus behalten. Zur Sicherheit. Sie lässt alle grüßen und dankt euch für eure Hilfe.«

Erleichtertes Schweigen legt sich über uns. Dann, als ob sie sich abgesprochen hätten, quasseln alle durcheinander, lachen, stoßen sich an und erheben ihre Tassen auf Astrids Gesundheit. Willi kräht immer mal wieder seine Meinung dazwischen. Nur Ben und ich schweigen. Unsere Blicke treffen sich, verhuscht, fragend, vorwurfsvoll. Diese Beschreibung trifft es ganz gut, finde ich. Und zwar für uns beide.

Marta ist schließlich die erste, die beginnt, den Tisch abzuräumen. Nacheinander steht jeder auf und räumt sein Geschirr in die Küche. Wobei Jan heraussticht. Eilig läuft er einige Male vom Tisch in die Küche, um Marta die Sachen zu bringen. Andrea schubst mich an, und wir zwinkern uns vielsagend zu. Ich bin nur froh, dass keiner nach Axel gefragt hat. Dafür wäre ich noch nicht bereit gewesen. Vor allem nicht vor Ben.

Zu Hause angekommen, muss ich gleich Esra von meinem unverhofften Treffen mit Ben berichten.

»Was das Leben so für Überraschungen bereithält«, ist ihr einziger Glückskeks-Spruch.

\*\*\*

Am Sonntagmorgen wache ich früh auf, sehr früh. Mein Handy zeigt mir 5.15 Uhr. Die Sonne ist noch nicht aufgegangen. Schade, es ist wieder die Zeit angebrochen, in der die Sonne spürbar später am Horizont erscheint.

Trotz der frühen Morgenstunden fühle ich mich ausgeruht und stehe auf. Für heute habe ich mir vorgenommen, Astrid im Krankenhaus zu besuchen.

Aber erst einmal schwinge ich mich auf Trude und fahre Richtung Stadtrand, zu meinem Wald, der mir in den letzten beiden Wochen ein Ort der Ruhe und Kraft geworden ist. Nur ab und an kreuzt ein Fahrzeug meinen Weg. Ansonsten sind die Straßen noch wie leergefegt.

Am Waldrand angekommen, sauge ich die frische, waldgrüne Morgenluft tief in mich hinein. Anschließend lenke ich meine Schritte auf den mir so vertraut gewordenen Pfad. Ich genieße die Einsamkeit, das Vogelgezwitscher und das Rascheln im Dickicht und der Blätter an den Bäumen.

Ich pflücke einen Wiesenstrauß für Astrid und fahre anschließend zu ihr ins Krankenhaus.

Die Zimmernummer weiß ich von Marta. Als ich vor ihrer Tür stehe und gerade klopfen möchte, bin ich doch ein wenig aufgeregt. Hätte ich vorher anrufen sollen? Ist es Astrid vielleicht zu viel, jetzt schon Besuch zu empfangen?

*Papperlapapp, wenn es ihr zu viel ist, umarme ich sie, gebe ihr den Blumenstrauß und gehe wieder.*

Ich lächle, klopfe an und betrete nach einem freundlichen »Herein« das Zimmer. Drei Gesichter blicken mir entgegen. Eines mit einem müden, aber warmen Lächeln, das zweite neugierig und forsch. Und das dritte, wie es mir beinahe vertraut ist, starrt mich ungläubig an: Ben.

Vielleicht sollte ich ihm nahelegen, sich einen anderen Gesichtsausdruck anzugewöhnen, wenn er mich sieht.

Nummer eins ist Astrid. Ich erschrecke, und für einen Moment entgleist mir mein Lächeln. Der sonst so kraftvolle Ausdruck ihrer Augen ist einem matten Grau gewichen. Nur das Liebevolle, ja, Mütterliche kann davon nicht verdeckt werden.

Als ich erkenne, wer die zweite Person im Krankenzimmer ist, spüre ich eine Kühle langsam meinen Rücken aufsteigen.

Es ist die *sehr* junge Frau, der Ben damals im Santa Lucia – an besagtem Axel-Knaben-Abend - die Tür offen hielt. *Also so eng ist die Beziehung der beiden,* denke ich giftig. *So eng ist die Beziehung, dass er diese ... Frau mit an das Krankenbett seiner Tante nimmt.*

»Hallo, allerseits«, sage ich tapfer und trete an Astrids Bett. Die Frau sitzt auf der Bettkante der gegenüberliegenden Seite. Ben steht am Fenster und sieht von einer zur anderen.

»Hallo.« Astrids Stimme klingt zwar dünn, hat aber nichts von ihrer Bestimmtheit verloren. Sie richtet sich auf, was ihr mit einiger Mühe und Hilfe von mir und der anderen Frau gelingt.

»Entschuldige«, sage ich, »ich hätte vorher anrufen sollen. Nicht, dass es dir zu viel wird.«

»So ein Unsinn.« Unwirsch tut sie meinen Einwand mit einer Handbewegung ab. »Je mehr, desto besser!«

»Wie geht es dir?«, frage ich.

»Gut!«, ist ihre kurze Antwort, wobei ihre Augen, ihr eingefallenes Gesicht und ihre rasselnde

Atmung sie Lügen strafen. »Ich möchte betonen, dass ich gegen meinen Willen hier festgehalten werde!«, wobei sie zornig zwischen Ben und der Frau hin- und herblickt.

Ben stöhnt. »Natürlich, Tante Astrid, du wirst gegen deinen ausdrücklichen Willen hier festgehalten.«

»Genau«, gibt ihm die junge Frau kichernd recht. »Ans Bett gefesselt haben wir dich. Und du bekommst nur Wasser und Brot.«

Astrid fällt in das Kichern der Frau mit ein und kneift ihr liebevoll in die Hand. Ein Hustenanfall beendet die Fröhlichkeit. Sorgenvoll wollen wir alle drei ihr zu Hilfe eilen.

Sie aber hebt die Hand. »Schon gut, schon gut! Ist ja gleich wieder vorbei«, versichert sie uns. Ich gebe ihr etwas Wasser, und der Husten ebbt schließlich ab.

»Wie unhöflich von mir! Ich habe euch ja noch gar nicht vorgestellt. Meinen Neffen Ben kennst du ja bereits, wie ich gehört habe. Vielen Dank, Lilith, dass du gestern eingesprungen bist. Wie geht es dir eigentlich? Was macht deine Erkältung?« Sichtlich besorgt sieht Astrid mich an, und mein schlechtes Gewissen tanzt mit spitzen Sohlen auf meinem Magen.

»Alles gut, Astrid. Es geht um dich.«

»Ich finde es furchtbar, wenn ich im Mittelpunkt stehe!«

»Dann denk dir doch einfach, dass dein Herz hier im Mittelpunkt steht. Gar nicht du«, schlägt die junge Frau vor.

*Was für eine gute Idee,* muss ich ihr recht geben, *und schlauer Schachzug.* Sollte ich irgendwann wieder einmal therapieren wollen, werde ich sicherlich von diesem Trick Gebrauch machen. Fast wird sie mir sympathisch.

»Das ist gut.« Astrid nickt. »Es geht um mein Herz, gar nicht um mich. Und nun zu euch beiden.« Sie zeigt erst auf mich, dann auf die Frau. »Darf ich vorstellen? Lilith, Nele, Nele, Lilith. Lilith arbeitet seit ..., wie lange?«

»Ungefähr zwei Monate?«, helfe ich ihr.

»... seit ungefähr zwei Monaten auf dem Hof. Und die junge Frau, oder besser dieser Wirbelwind hier, das ist Nele, die Tochter meiner Nichte Kathrin. Ben ist ihr Onkel und Kathrins Bruder.

Erschöpft fällt sie in ihr Kissen zurück, während Nele und ich uns die Hand geben. Erst jetzt sehe ich sie mir genauer an. Großgewachsen ist sie, sehr schlank, fast schlaksig, hellbraunes Haar, das ihr bis über die Schultern fällt. Ihre hellen Augen strahlen mich neugierig an. Und erst dann fällt bei mir der Groschen, und ich verstehe, was Astrid da gerade zu mir gesagt hat. Nele ist Bens Nichte! Sie ist nicht seine Freundin oder gar Lebensgefährtin.

Scham steigt in mir auf, und ich hoffe sehr, dass man es mir nicht ansieht. Ich neige leicht meinen Kopf und versuche mich an einem Lächeln in Richtung Nele. Wir reichen uns über Astrids Bettdecke hinweg die Hand.

Ich sehe erneut zu Astrid. In ihren Augen bemerke ich eine Veränderung. Beinahe prüfend sieht sie erst mich, dann Ben an. Hat sie vielleicht doch irgendetwas bemerkt? Auch Ben windet sich unter ihrem Blick, weicht ihm aus.

Eine ihrer Augenbrauen zuckt leicht in die Höhe, dann lehnt sie den Kopf zurück. Dabei fallen ihr die beiden Blumensträuße ins Auge, die etwas verloren auf dem Tischchen des Zimmers liegen. Der eine ist der Wildblumenstrauß von mir, der andere muss von Ben und Nele sein.

»Ihr beiden, könnt ihr vielleicht zwei Vasen für die Blumen besorgen? Die Armen sind schon viel zu lange ohne Wasser«, fragt sie und schaut Ben und mich treuherzig an.

»Kann das nicht Nele machen?«, fragt Ben. Man sieht ihm deutlich an, dass ihm die Vorstellung, eventuell mit mir allein zu sein, nicht sonderlich behagt.

*Was für ein Feigling!*

»Warum denn ich?«, nölt Nele. »Nur, weil ich die Jüngste bin? Ich will bei Astrid bleiben!«

Astrid tätschelt ihre Hand. Irgendwie habe ich das Gefühl, die beiden sind ein eingespieltes Team.

»Lasst uns noch ein Weilchen alleine. Geht ihr beiden nur los, und kümmert euch bitte um die Vasen.« Dabei fällt mir auf, dass sich ihre Stimme mit einem Mal brüchiger anhört.

Ich stehe auf. »Natürlich, Astrid. Wir sind gleich wieder da.« Und gemeinsam verlassen Ben und ich das Zimmer.

Im Flur blicken wir uns suchend um, möglichst darum bemüht, uns gegenseitig nicht anzusehen. Da entdecke ich einen Pfleger und eile auf ihn zu.

»Entschuldigung!« Beinahe muss ich ihn festhalten, damit er nicht hinter der nächsten Zimmertür verschwindet. »Wo finden wir Vasen? Wir bräuchten zwei.«

»Kleinen Moment«, ist die knappe Antwort. »Ich muss kurz nach einem Patienten sehen.« Und schon ist er hinter der Tür verschwunden.

Abwartend bleiben Ben und ich zurück. Immer wieder treffen sich unsere Blicke. Ein kurzes, verkniffenes Lächeln, dann wandern die Augen weiter ziellos umher. *Wie zwei Teenager,* denke ich. In diesem Moment sieht mich Ben wieder an. »Was ist?«, fragt er. Seine Unsicherheit ist nicht zu überhören.

»Nichts, nichts«, sage ich und gehe ein paar Schritte weiter. *Der Pfleger muss doch bald mal fertig sein!* Ich lausche auf irgendwelche Geräusche, die sich der Tür von innen nähern. Aber da ist nichts.

Gedankenverloren drehe ich mich um und will zurückgehen – und stoße mit Ben zusammen.

»Was zum T ...!«, sagen wir beide und reiben unsere Köpfe. Jetzt muss ich wirklich lachen.

»Das ist das dritte Mal«, sage ich. Er sieht mich fragend an.

»Na ja«, helfe ich ihm, »das erste Mal an der Rezeption vom Ocean´s Motel, kurz vor dem Speed-Dating, anschließend im Santa Lucia und jetzt hier.«

»Aller guten Dinge ...«, sagt er und lächelt mich an. Dieses Lächeln aus diesen Augen! Kurz sacken mir die Knie weg, ich fange mich aber gleich wieder.

*Nichts da! Keine Gefühlsduselei!*, verbiete ich mir.

Aber da höre ich mich schon fragen: »Warum hast du eigentlich nicht angerufen?« Verflixt, so ist das, wenn frau sich nicht unter Kontrolle hat. Na, egal. Ich schaue ihn, wie ich hoffe, herausfordernd an. Dabei muss ich meinen Kopf etwas in den Nacken legen, da er mindestens noch einen halben Kopf größer ist als ich.

*Hach, ich liebe große Männer! Aus, Lilith, lass das! Du liebst hier gar niemanden!*

Er zieht eine seiner so schön geschwungenen Augenbrauen hoch. »Aber ich habe doch angerufen«, sagt er und sieht mich anklagend an. »Aber da kam immer nur die Meldung, dass kein Anschluss unter der Nummer besteht.«

*Er hat mich angerufen!* Mein Herz tänzelt einige Schritte nach rechts, dann nach links und anschließend wieder zurück in die Mitte. Aber ich halte mich zurück, immerhin hat er mich ja nicht erreicht.

Als ob er meine Gedanken gelesen hätte, zieht er einen abgegriffenen Zettel aus seiner hinteren Gesäßtasche und hält ihn mir hin. Vorsichtig entfalte ich ihn und lese. Sofort fällt mir der Fehler auf.

»Es ist nicht 256, sondern 265!«

»Das kann ich ja nicht wissen«, knurrt er und nimmt den Zettel wieder zurück. »Ich hatte noch beim Ocean's angerufen, aber die haben gesagt, dass das so stimmen würde.«

Wut steigt in mir hoch! Diese Vera Weber vom Ocean's musste genau zwei Personen meine Nummer geben. Und diese Aufgabe hat sie gerade einmal zu 50 Prozent gelöst.

»Warum hast *du* nicht angerufen?«, unterbricht Ben meine wütenden Gedanken.

»Wie bitte?«, versuche ich, mit Ahnungslosigkeit etwas Zeit zu gewinnen. Aber da es nur ein wirklich müder Versuch ist, hakt Ben sogleich nach: »Du hattest doch auch meine Nummer, oder nicht? Also, warum hast du nicht versucht, mich zu erreichen?«

»Nun ja ...«, schinde ich weiter Zeit. »Ich bin eher altmodisch, wenn du verstehst, was ich meine. Ich finde, dass der Mann den ersten Schritt machen sollte. Deswegen habe ich darauf gewartet, dass du dich meldest.« Verlegen sehe ich Ben an.

»Altmodisch? Du? Wir haben uns beim Speed-Dating kennengelernt! Das ist nun wirklich nicht die altmodische Art und Weise, wie man sich kennenlernen kann.« 1:0 für ihn.

»Ja, stimmt«, suche ich weiter nach Worten. Dann endlich höre ich die erlösenden Schritte an der Tür, die sich gleich darauf öffnet.

»Sie sind ja immer noch da?«, blafft uns der Pfleger an und reißt gleichzeitig eine Schrankwand auf, hinter der sich Vasen in allen Größen und Formen befinden. Schon ist er wieder verschwunden.

Wortlos nehmen wir zwei Vasen aus dem Schrank und gehen zurück zu Astrids Zimmer. Bevor Ben die Türklinke herunterdrückt, entschlüpft es mir: »Außerdem dachte ich, dass du ja bereits vergeben bist.« Bens Augen werden so groß, dass sich seine Stirn bedrohlich zusammenzieht.

»Ich, vergeben? Wie kommst du denn darauf?«

»Na, vor zwei Wochen im Santa Lucia. Da warst du doch mit Nele. Wobei ich da noch nicht wusste, dass ihr verwandt sein.«

»Lilith, werd nicht albern«, fängt er sich äußerst schnell. Zu schnell, finde ich. »Erstens war da das Speed-Dating schon Wochen vorbei. Du hattest also genug Zeit, dich zwischenzeitlich zu melden.« Bevor ich irgendetwas Belangloses zu meiner Verteidigung entgegnen kann, ergänzt er: »Außerdem kann man sehr gut sehen, dass zwischen Nele und mir ein äußerst großer Altersunterschied besteht.«

»Als ob euch Männern ein Altersunterschied stören würde. Je jünger, desto besser«, ätze ich.

Ich bin überrascht, wie wütend Bens warme Augen blicken können.

Er sagt aber nichts, wendet sich von mir ab und betritt das Krankenzimmer. Das war's dann wohl.

Astrid und Nele blicken uns gespannt entgegen. Die Spannung wandelt sich flugs in Enttäuschung, als sie Bens leicht rötliches und zorniges Gesicht sehen. Ich zucke nur mit den Schultern.

»Nele, wir gehen jetzt. Ich muss mich noch um die Buchführung kümmern.«

»Aber …«, sagen Nele und Astrid gleichzeitig, verstummen aber sofort unter Bens starrem Gesicht.

Nele umarmt Astrid, und die beiden reiben ihre Wangen aneinander. Anschließend beugt Ben sich zu seiner Tante hinab und gibt ihr einen Kuss auf die Stirn.

»Ich komme morgen wieder.«

»Ja, und dann nimmst du mich mit nach Hause«, sagt Astrid.

»Wir werden sehen, was die Ärzte sagen.«

»Es war nett, dich kennengelernt zu haben. Also nett im guten Sinne.« Nele grinst mich an.

»Ja, das kann ich nur zurückgeben.« Ich grinse zurück.

Von Ben bekomme ich nur ein kurzes Nicken und ein Brummen. Dann schließt sich die Tür hinter ihnen.

»Was ist denn zwischen euch beiden vorgefallen?« Neugierig blitzen mich Astrids Augen an. Mit einem Mal sieht sie beinahe gesund aus. Nur ihr fahles Gesicht verrät, wie es ihr tatsächlich geht.

»Nichts, alles gut. Mach dir keine Sorgen.«

»Ich mache mir keine Sorgen. Ich bin bloß neugierig. Ihr seid beide erwachsen, alt genug, sollte man zumindest meinen. Ich möchte einfach wissen, wie es meinem Neffen und dir geht. Und dass ich aus Ben nichts herausbekomme, ist sicher. Also muss ich es bei dir versuchen. Und du kannst einer kranken, alten Frau doch nicht ihre Bitte abschlagen!« Sie gibt sich noch nicht einmal Mühe, zumindest etwas demütig zu schauen.

Ich gebe mich geschlagen, setze mich auf den Rand ihres Bettes und fange an. Erst stockend, dann immer flüssiger, bis ich merke, dass mich gar nichts mehr stoppen könnte. Es tut mir gut, all die Erlebnisse der letzten Wochen zu erzählen.

Als ich meinen Bericht beendet habe, muss ich tief Luft holen. *Das war wie ein Marathonlauf.* Ich fühle mich nackt, angreifbar, aber vor allen Dingen: erleichtert – und auf einmal so ruhig, gelassen. Ich beginne zu lächeln, und dieses Lächeln durchdringt meinen ganzen Körper.

»Du hältst mich bestimmt für einen unsicheren, undankbaren, pubertierenden Teenager.«

Astrid schüttelt ihren Kopf und greift nach meiner Hand. »Aber nein«, sagt sie und streicht über meinen Handrücken. »Liebeskummer ist immer noch die schlimmste aller Krankheiten, die Körper, Herz und Seele befallen kann.«

Tränen steigen mir in die Augen. Verlegen blinzel ich Astrid an. »Du bist hier diejenige, der es schlecht geht. Und ich sitze hier und heule.«

»Weinen ist gut, immer raus damit! Wir denken, Liebeskummer ist nur in jungen Jahren schmerzhaft. Dabei hört das niemals, wirklich niemals auf.« Astrid reicht mir ein Taschentuch. »Weißt du, Lilith, Ben ist ein guter Mann. Er hatte es nie leicht. Seine und Kathrins Eltern sind bei einem Autounfall ums Leben gekommen, da war er 15 und Kathrin 22. Ich habe Ben dann zu mir genommen. Kathrin studierte zu der Zeit bereits in Amerika und ist im Anschluss auch gleich dortgeblieben, der Liebe wegen. Es war sehr schwer für Ben. Er war sowieso schon immer eher in sich gekehrt. Und der Unfall seiner Eltern und die Trennung von seiner Schwester haben dies noch verschlimmert.«

Ein Junge, dessen Eltern bei einem Autounfall ums Leben gekommen sind, eine Schwester, die zu weit weg und zu jung ist, um sich um ihn zu kümmern ...! Mein Therapeutenherz wird weich und öffnet sich. Ich möchte dem jungen Ben durch die Haare streichen, ihm Mut machen.

Bevor ich mich darin verliere, frage ich: »Und warum ist Nele hier, wenn ihre Mutter in Amerika lebt?«

Astrid zuckt mit ihren Schultern. »So, wie Kathrin zum Studieren nach Amerika gegangen ist, möchte Nele hier in Deutschland studieren. Sie war bereits in ihrer Schulzeit für ein Jahr hier.«

Mit einem Seufzer schließt Astrid die Augen. Ich habe ein schlechtes Gewissen, mal wieder. Ich streiche über ihre Wange. »War doch alles ein bisschen viel«, sage ich. »Ich gehe dann besser.« Sie nickt bei geschlossenen Augen.

»Aber komm bald wieder!«

»Natürlich!«, versichere ich.

»Und, Lilith?«

»Ja?«

»Gib deinem Herzen Zeit und Ruhe. Aber vergiss auch nicht, es ist stärker, als du denkst!« Sie lächelt.

Ich lächle zurück und schließe die Tür hinter mir.

# Kapitel 15 – Es ist Zeit

Die kommenden Wochen mäandern so dahin. Meist gemächlich, manchmal bedrückend. Aber, und das ist das Tröstliche: Es geht immer nach vorne!

Ich arbeite auf dem Markt, verabrede mich mit Freunden, treffe Esra und meine Eltern. Wie versprochen besuche ich Astrid; erst im Krankenhaus, nach einer Woche dann in der Reha. Käse-Carlos ist auch bei einem meiner Besuche dort. *Wie freundlich von ihm*, denke ich, *und wie gut sich die beiden verstehen.* Sie giggeln wie zwei Teenager miteinander.

Ben sehe ich gar nicht. Wie bereits in der Zeit vor Astrids Herzinfarkt, arbeiten wir nicht an denselben Tagen. Für Astrid haben wir eine weitere Hilfe eingestellt, Petra. Sie spricht nicht viel, arbeitet schnell und scheint sich in unserem Team wohlzufühlen.

Ich spüre, wie meine Wunden langsam verheilen, blasser werden. Nur ab und zu pikst es noch, wenn ich an Volker und die Trennung denke. Ich kann ihm weiterhin nicht alles Glück der Welt wünschen. Aber mir reicht es schon, dass die Tränen langsam versiegen, der Klammergriff um mein

Herz schwächer und die Schutzschicht auf den Wunden dicker werden.

***

Der Sommer hat sich vollends verabschiedet und hat dem frühen Herbst Raum und Zeit überlassen. Während die Tage noch angenehm warm werden, sind die Abende und die Nächte merklich kühl. Auf den frühmorgendlichen Fahrten zum Hof trage ich bereits Schal, Mütze und Handschuhe. Vor meinem Mund tanzen weiße Atemwölkchen. Die Luft ist herrlich modrig und frisch. Die Blätter verfärben sich, und die Sonne treibt ein wunderschönes Farbenspiel mit ihnen.

Und wie jedes Jahr um diese Zeit breiten sich zwei Gefühle in mir aus: Traurigkeit und Frieden. Altes loslassen, durchatmen, und sich auf Neues vorbereiten. Kommen, Gehen, Vergehen.

Die Morgende auf dem Markt beginnen meist noch im schummrigen Licht, und auch die Stimmung ist gedämpfter als in den Sommermonaten. Wir sprechen sogar etwas leiser. Nur Carlos nicht. Sein Bass tönt wie immer voll und ausladend aus seinem Käsewagen.

***

Es ist ein Mittwochmorgen, an dem ich mit Trude auf den Hof fahre und mir beim Anblick des Mannes, der da neben Cleo die Ware in den Transporter räumt, der Atem stockt. Ben! Solche Gefühlswallungen hatte ich die letzten Wochen nicht. Im Gegenteil, Gelassenheit war das Credo.

Kurz beobachte ich ihn in den hellen Lichtstrahlen der Hoflampen. Routiniert hebt er die Kisten vom Rolli und stapelt sie in den Transporter. Er sieht schon sehr gut aus. So stark!

Ein leichter Herzstolperer sowie Cleos fröhliches »Guten Morgen, Lilith!« reißen mich von dem Anblick los. Zum Glück ist es noch dunkel, und keiner kann meine aufkommende Gesichtsröte sehen.

»Guten Morgen!« Und bevor ich fragen kann, sagt Cleo: »Florian hat sich für heute krankgemeldet. Deswegen ist Ben hier.« Der blickt hoch, als er meinen Namen hört. Wir deuten beide ein leichtes Nicken an.

Da er für Florian eingesprungen ist, fährt er den Transporter. Cleo sitzt zwischen uns. Aufgedreht erzählt sie uns von einer ihrer neuen Eroberungen, Britta. 10 Jahre älter als sie, Polizistin. Bevor sie weiter ins Detail gehen kann, erreichen wir glücklicherweise den Markt. Alles ist wie immer, Willi

ist bereits da. Wir helfen ihm, den Marktstand aufzubauen und bestücken ihn mit der Ware.

Dann beginnt der Verkauf. Cleo kommt aus
dem Plappern gar nicht heraus. *Muss Liebe schön
sein!*, denke ich, und leichte Wehmut durchströmt
mein Herz. Da treffen sich Bens und mein Blick.
*Hat er ähnliche Gedanken wie ich?* Ich bilde mir ein,
etwas in seinen Augen zu entdecken, als wir uns
vorsichtig anlächeln. *Papperlapapp, Lilith!* Und
dann ist der flüchtige Augenblick auch schon wieder vorbei, und wir wenden uns ab.

Während des Tages kreuzen sich immer wieder
unsere Wege, und unsere Hände berühren einan-
der. Entweder muss er zu den Tomaten, die auf
meiner Seite sind, oder ich habe Kunden, die einen
Salat wollen, der bei ihm liegt. Begleitet werden
diese hauchzarten Kontakte von einem stummen
Lächeln. Mehr passiert nicht.

Der Markttag endet wie jeder andere auch: mit
Kaffee und Kuchen. Heute ist es ein Käsekuchen.

»Astrid kommt Ende dieser Woche aus der
Reha zurück«, verkündet Marta. »Ich war heute
Morgen bei ihr. Die Ärzte meinen, sie ist kräftig
genug. Allerdings …«, ergänzt sie, als sie sieht, wie
Petra zusammenzuckt. Sie hat Angst, dass ihre Zeit

hier zu Ende ist, wenn Astrid wieder zurückkommt. »Allerdings«, wiederholt Marta, »haben sie auch ganz klar gesagt, dass sie kürzertreten muss.«

»Das wird ihr richtig gut gefallen. Astrid und kürzertreten, da kommt einiges auf uns zu«, sagt Andrea, und wir alle lachen. Willi erhebt seine Tasse mit der Spezial-Ostfriesentee-Mischung und sagt gewichtig: »Auf Astrid!«

Fröhlich heben wir anderen unsere Tassen und Becher, und es tönt im Chor: »Auf Astrid!«

Allmählich löst sich unsere Runde auf, und wir verabschieden uns auf dem Hof. Als ich auf meinem Roller sitze, merke ich, dass ich meinen Schal in der Küche vergessen habe und hole ihn.

Auf meinem Rückweg durch die Diele nach draußen höre ich aus dem Büro Stimmen. Ben und Marta, die über irgendwelche finanziellen Angelegenheiten sprechen. *Das geht dich nichts an, Lilith!*, denke ich und will weitergehen, als ich die Worte «kein Geld, Banken, Hof schließen« höre.

Ich kann gar nicht anders. Ich muss stehen bleiben.

»Ben, wir brauchen mehr Geld. Es ist ein Wunder, dass wir die Gehälter noch zahlen können.«

Ben wird ihr sicherlich gleich eine Lösung präsentieren. Aber der seufzt und sagt nur: »Ich weiß, aber die Banken geben uns keine Kredite mehr. Zu unrentabel, das Konzept zu veraltet. *Biohof* kann heute jeder, aber es braucht mehr. Ich habe Astrid schon vor Monaten gesagt, dass es so nicht weitergeht. Sie muss verkleinern. Ich habe keine Zeit, mich mehr um den Hof zu kümmern, ich habe meine Arbeit. Und die liebe ich«, setzt er erklärend hinterher, als ob er sich dafür verteidigen müsste.

Ich habe genug gehört. Die gute Laune des Tages ist dahin. Leise stehle ich mich zu meinem Roller und tuckere vom Hof.

Von den herbstlichen Einflüssen bekomme ich auf meiner Rückfahrt nichts mit. In meinem Kopf wirbelt das Mantra *Kein Geld mehr von den Banken, neue Konzepte, ansonsten Hof schließen* herum.

Zu Hause setze ich mich an den Küchentisch mit Block und Stift und beginne, meine Gedanken zu sortieren und aufzuschreiben. Zettel werden zerknüllt, Ideen neu verknüpft, Haare gerauft.

Den ganzen Donnerstag und auch am Freitag nach dem Markt sitze ich am Küchentisch und arbeite mit meinen Ideen. Zwischendurch suche ich etwas im Internet oder telefoniere, um mir Gewissheit für die verschiedenen Möglichkeiten zu holen.

Am Samstagmittag werfe ich einen abschließenden Blick auf mein Konzept, oder wie es korrekt heißt: *meinen Businessplan.*

*Verrückt, Lilith, was machst du da nur?*

Egal, ich finde ihn gut, den Plan, benötige aber noch Rückendeckung von Esra und meinen Eltern. Ich rufe sie an und bitte sie, zum Kaffeetrinken vorbeizukommen.

Und sie kommen: Esra mit Martin und Lukas und meine Eltern. Jeder bekommt einen Becher Kaffee (Lukas Kakao) in die Hand gedrückt. Alle sitzen aufgereiht auf meinem Sofa, Lukas spielt vor ihnen auf dem Boden. Und ich stehe vor ihnen und erläutere ihnen meinen Schlachtplan.

Meine Mutter ist gleich Feuer und Flamme und nicht zu bremsen. Mein Vater schweigt, schenkt mir aber ein zustimmendes Nicken.

Esra und Martin haben noch einige Verbesserungsvorschläge, die ich sofort notiere. Ansonsten sind auch sie von dem Konzept beeindruckt, das ich in so kurzer Zeit aus dem Boden gestampft habe.

»Das sind ja ganz verborgene Talente, die da in dir schlummern«, sagt meine Freundin, und: Ja, ich gebe es gerne zu, ich bin richtig stolz auf dieses Kompliment.

Es ist Samstagabend, 19.00 Uhr. Meine Eltern und Esra samt ihrer beiden Männer sind vor einer halben Stunde gegangen. Ich nippe an einem Glas Wasser und kreise meinen Kopf, um meine Nackenmuskulatur zu lockern. Denn jetzt folgt der Teil des Plans, für den ich die größtmögliche Überwindung benötige.

Meine Hände zittern, als ich die Schmuddelschublade in der Küche öffne und eine Karte mit dem Logo des Ocean´s Motel heraushole. Ich betrachte sie, als ob sich darauf eine moderne Zeichnung befindet, die ich versuche zu verstehen.

*Nutzt ja nix! Auf, Lilith!,* sporne ich mich an, nehme mein Handy in die Hand, ziehe tief die Luft ein und tippe die Zahlenfolge, die ich auf der Karte lese.

*Ach, bestimmt geht er gar nicht ran.* Immerhin ist es Samstagabend, beste Dating-Zeit. Aber, bevor ich mich in Sicherheit wiege und mit gutem Gewissen wieder auflegen kann, höre ich seine Stimme. »Ben Altzer.«

Ben Altzer, Altzer. Seinen Nachnamen höre ich zum ersten Mal. Altzer, wie ungewöhnlich, wie einzigartig.

»Hallo?«, tönt es nun drängender und auch etwas verärgert durch den Hörer.

Ein leichter Schweißfilm bildet sich auf meiner Stirn. »Ich bin´s, Lilith« und schiebe »Lilith Dom« nach. Gott, bin ich unsicher.

Nach einem kurzen Schweigen räuspert sich Ben. »Ja, ok, und was kann ich für dich tun?«

Sehr schön, er ist auch verunsichert. Ich werde mutiger. »Tut mir leid, ich störe bestimmt.«

»Nein, nein, ist schon in Ordnung«, zerstreut er meinen Einwand. Wie ich finde, äußerst nachhaltig, was mich natürlich freut. Ich grinse. *Aus, Lilith, hier wird nicht geflirtet! Das ist ausschließlich rein geschäftlich.* »Astrid hat sich bereits hingelegt. Und Nele und ich sehen fern.«

Das sind doch gute Nachrichten. Onkel und Nichte sitzen am Samstagabend schön brav vor dem Fernseher. Das finde ich hervorragend.

»Hallo, Lilith«, klingt Neles junge Stimme zu mir. »Hallo«, rufe ich fröhlich zurück.

Ich straffe meine Schultern, nehme einen weiteren Schluck Wasser und befeuchte meine Lippen.

»Der Grund, warum ich anrufe, ist, dass ich ...«, ich zögere, nur kurz, »... deines und Martas Gespräch am Mittwochnachmittag angehört habe. Zufällig, nicht absichtlich. Ich hatte meinen Schal in der Küche vergessen und musste zurück, um ihn zu holen. Es ist ja mittlerweile schon so kalt, und dann auf dem Roller, da brauche ich schließlich einen Schal!« *Zur Sache, Lilith!*

»Auf alle Fälle habe ich gehört, wie ihr beide über den Hof gesprochen habt. Dass er in Schwierigkeiten steckt und Astrid kein Geld mehr von der Bank bekommt. Und ...«, *wie soll ich das jetzt erklären, ohne zu überschwänglich, zu kindisch zu wirken? Geht wohl nicht.* »Und, da ich gemerkt habe, wie gerne ich dort arbeite, wie viel mir all das bedeutet und wie sehr ich all das vermissen würde, habe ich einen Businessplan erarbeitet. Natürlich ist der noch nicht vollends von meiner Bank abgesegnet. Mir fehlen ja die Zahlen vom Hof. Aber mit ungefähren Schätzungen von eurer Seite und recht genauen von meiner, denke ich, sieht er gut aus. Und ich würde ihn gerne dir und Astrid zeigen. Deswegen rufe ich an. Ich wollte fragen, ob es dir passt, wenn ich am Dienstag nach dem Markt vorbeikomme und dir und Astrid meine Idee vorstelle.«

So, jetzt ist es raus. Ich fühle mich wie ein Ballon, aus dem man die Luft herausgelassen hat. Gleichzeitig hüpft mein Herz bis in den Hals hinein, so gespannt bin ich, was Ben gleich sagen wird.

Der sagt erstmal gar nichts.

»Hallo?«, frage ich. Oh nein, nicht, dass die Verbindung zwischendurch abgebrochen ist, ich nochmals anrufen muss, um alles erneut zu erklären.

Kurz bevor ich mich dazu entschließe, den Anruf zu trennen, gibt sich Herr Altzer die Ehre.

»Hm, nun ja, das ist sehr freundlich von dir. Aber ich denke nicht, dass das Astrid recht ist. Außerdem geht es ihr dafür noch nicht gut genug. Ich glaube, es ist besser, wenn wir ihr nichts davon erzählen. Aber vielen Dank, Lilith, für dein Angebot.«

*Vielen Dank für dein Angebot? Ja, spinnt der?*

Wut steigt in mir auf. Es ist ja nicht so, dass ich mich hier zur Samariterin aufspielen möchte. Es ist mir auch klar, dass das alles etwas schnell geht und vielleicht auch ein wenig aufdringlich ist. Aber der Herr könnte Astrid zumindest fragen, ob sie sich meine Ideen anhören möchte.

Und genau das sage ich ihm, und zwar so ruhig, wie es mir eben möglich ist. Mit einem Lächeln auf den Lippen, wenn auch ein wenig verkrampft. Mit meiner Therapeutenstimme, klar wie ein Feldwebel, weich wie Engelsgesang, lege ich los: »Ben, ich weiß natürlich, dass ich mich vielleicht zu voreilig verhalte und mich die Angelegenheit im besten Sinne nur ein ganz kleines bisschen etwas angeht.«

*Sehr gut, Lilith, weiter so! Jetzt sein Gewissen.*

»Aber wäre es Astrid gegenüber nicht unfair, ihr Möglichkeiten vorzuenthalten, die dafür sorgen könnten, ihre Existenz, ihr Leben zu sichern?« Gut, ein wenig zu dick. Aber im Krieg und in der Liebe, ..., na ja, ist bekanntlich alles erlaubt. Das sagt man doch so.

Ich höre Neles Stimme im Hintergrund. »Moment, bitte«, sagt Ben und hält eine Hand auf die Sprechmuschel, und ich verstehe nicht, was die beiden reden.

Dann ist er wieder da, mit etwas Trotz in seinen Worten. »Schön, ich werde Astrid von deinen Ideen erzählen. Am Montag kann sie dir ja sagen, ob ihr das mit dem Angebot passt. Wenn ja, sehen wir uns am Dienstag. Schönes Wochenende noch.«

Gerade möchte ich ihm selbiges wünschen und mich bei ihm bedanken, da hat der Herr bereits aufgelegt.

Ein wenig verschnupft lege ich mein Handy beiseite. Einfach so aufzulegen, das ist keine Art!

Aber dann breitet sich ein Grinsen in meinem Gesicht aus. Zufrieden lecke ich über meine Lippen, wie eine Katze nach einer Schale frischen Rahms. Heureka! Die erste Hürde ist geschafft. Ich weiß, da sind noch einige, die zu meistern sind. Astrid muss zusagen, wir müssen die genauen Zahlen vom Hof in meinen Plan einarbeiten, und die Banken müssen ihm zustimmen!

Aber: Ich habe da so ein richtig gutes Gefühl.

# Kapitel 16 – Manchmal muss frau es einfach wagen!

Ja, ja, ich bin aufgeregt. Und zwar genau so, wie vor jeder einzelnen Prüfung davor in meinem Leben: Abitur, Führerschein und alle die Prüfungen, die mich während meines Studiums begleitet haben.

Am Ende des Studiums hatte ich mir geschworen, mich nie wieder in eine Prüfungssituation zu begeben. Aber ebenso fühlt es sich gerade an: Schweißausbrüche, das Gefühl, dass mir gleich alle vorderen Zähne ausfallen. Von meinem nervösen Magen-Darm-Trakt ganz zu schweigen. Mit ein paar Atemübungen versuche ich, dagegen anzukämpfen. Vergeblich!

Es ist Dienstagnachmittag, 15.30 Uhr, und ich fahre mit Trude auf den Hof. Es ist ein perfekter Herbsttag.

Die Sonne scheint gerade so über das Dach des Haupthauses und überdeckt die eine Hälfte des Hofes mit Schatten, während ihre Strahlen in der anderen die Kieselsteine hellweiß funkeln lassen. Die Blätter der Bäume rund um den Hof rascheln im Wind und leuchten gelb, orange und rot.

Ich sehe Bens alten Saab im Carport. Mein Herz schlägt kurz schneller. Ärgerlich! Warum muss mich alles, was diesen Mann betrifft, so aus dem Rhythmus bringen? Ich schüttle meinen Kopf. *Weg mit diesen Gedanken.*

Auf dem kleinen Rasenstück grasen die zwei winzigen Ponys. Der rote Tiger streicht um ihre Beine. Willi harkt die Kieselsteine, und Fritz sorgt dafür, dass alles seine Richtigkeit hat.

Ansonsten ist es ruhig. Astrid hatte mir gestern nach dem Markttag bei Kaffee und Kuchen zugeflüstert, dass sie sich freuen würde, von meinen Ideen zu hören, und ob ich nicht am morgigen Nachmittag, also heute, vorbeikommen könne, um alles zu besprechen. Die anderen sollten erst einmal nichts erfahren, sie wolle niemanden beunruhigen.

Ich habe zu allem genickt, während sie meine Hand gehalten und mich dankbar angelächelt hat. So ganz anders als ihr Neffe, nur noch ein wenig blass um die Nase.

Ich betrete das Haus, nicht ohne, dass Fritz mich vorher ausgiebig begrüßt. Anschließend muss ich dringend auf die Toilette.

Dann stehe ich vor dem Wohnzimmer. Kraftvoll stoße ich die Luft aus meinen Lungen und nehme gleich darauf einen tiefen Atemzug. Ich drücke die Türklinke hinunter.

Im Wohnzimmer bin ich vorher noch nicht gewesen. Es liegt direkt gegenüber dem Ess- und Küchenbereich. Ich trete ein. Eine Diele unter meinen Füßen ächzt beschwerlich. Sie und ihre Nachbarn liegen hier bestimmt schon genauso lange, wie es das Haus gibt. Also etwa 150 Jahre. Willi hat mir das erzählt. Auch, dass es am Anfang nur dieses Haupthaus gab. Erst nach und nach kamen der Stall, das Carport, das Nebengebäude und zum Schluss das Gewächshaus hinzu.

Aber immer waren Haus, Hof und die Ländereien rund herum im Besitz von Astrids, Bens und Neles Familie. Das müsste doch eigentlich noch ein Grund mehr für Ben sein, jedwede Hilfe anzunehmen. Blöder Stolz. Blöder männlicher Stolz!

*Genau, vollkommen unsinnig,* denke ich, und merke, wie Wut in mir wächst. Das ist gut, das hilft, die Übelkeit zu vertreiben.

Drei Augenpaare sehen mich an. Astrid hat es sich halbliegend auf dem Ecksofa bequem gemacht. Ein dunkelgrünes Kissen stützt ihren Rücken, eine farbenfroh gemusterte Decke bedeckt ihre Beine, die auf Neles Schoß liegen.

Die wolfsblauen Augen der jungen Frau strahlen mich an und sagen: *Das lasse ich mir auf gar keinen Fall entgehen.*

Auch Astrids noch vom Herzinfarkt geschwächter Blick ruht freundlich auf mir. Nur der Herr Altzer sieht mich wenig überzeugt an. Er sitzt auf einem Stuhl, der an einem Fenster steht. Seinen Arm hat er auf einem schmalen, hohen Ecktisch abgelegt. Die Finger trippeln unruhig auf der Tischplatte. Ich spüre förmlich, wie er am liebsten aufstehen und im Zimmer hin- und hergehen würde. Bestimmt hat Astrid darauf bestanden, dass er sich setzt.

Bens zweifelnder Gesichtsausdruck trifft mich mehr, als ich es zugeben möchte. Aber ich halte an meiner Zuversicht fest. Mein Plan ist gut!

Kurz lasse ich das Wohnzimmer auf mich wirken. Mir fällt auf, dass die Möbel sicherlich einmal sehr teuer und von äußerst guter Qualität waren. Aber die Jahre und auch mangelnde Pflege haben an ihnen genagt. Alles in diesem Zimmer sieht ein wenig abgegriffen aus. Wurmlöcher zieren das Holz von Schränken, Stühlen und Tischen. Der Stoff des Sofas, der anderen Sitzmöbel und der Gardinen ist so dünn, dass die Muster teilweise gar nicht mehr zu erkennen sind.

Aber ich bin nicht hier, um die Inneneinrichtung zu beurteilen. Also wende ich mich an meine Zuhörer.

»Hallo«, beginne ich, etwas zu steif. *Du musst hier nichts verkaufen, Lilith. Du bietest nur deine Hilfe an*, versuche ich mich zu beruhigen.

»Hallo, Liebes!« Astrids Stimme klingt beinahe wieder so kräftig wie vor ihrem Herzinfarkt.

»Hi, Lilith.« Nele grinst mich an. Ben gibt sein mir bestens bekanntes, grummeliges »Hallo« von sich.

*Einer gegen zwei für mich, nicht schlecht. Das ist doch schon mal etwas.*

Ich sortiere meine Gedanken, lockere mich, bereite mich vor. Aber bevor ich mit meinen einleitenden Sätzen beginnen kann, spricht Astrid: »Danke, Lilith! Danke, dass du dir Gedanken um den Hof und sein Fortbestehen gemacht hast. Ich war in den letzten Wochen und Monaten, ja, Ben, ich weiß, wahrscheinlich Jahren«, sie sieht ihren Neffen an, dessen Augen sanft tadelnd auf ihr ruhen, »zu blauäugig. Oder besser: Ich wollte nicht sehen, wie schlecht es in Wirklichkeit um die Existenz von alldem hier bestellt ist.« Sie schaut um sich, mit einem Blick, der das gesamte Anwesen einschließt. »Es ist wohl so, dass ich erst einen Infarkt bekommen musste, um meine Augen zu öffnen, um anzunehmen, was du, Ben, und Marta, was ihr mir die ganze Zeit gesagt habt. Ja, die Uneinsichtigkeit einer bockigen Frau jenseits der 60.« Sie zwinkert ihrer Enkelin zu.

Jenseits der 60? Das kann nicht sein! Ich habe Astrid auf Anfang 50 geschätzt. Aber ja, jetzt, wo sie es sagt und ich genauer hinsehe, erkenne ich die Zeichen. Die Fältchen sind doch tiefer als gedacht, der Körper gebeugter, und das nicht nur von dem Herzinfarkt.

Sie streicht sich eine silbrig-blonde Strähne aus dem Gesicht.

»Ich sollte wohl besser hören, was die Jüngeren zu sagen haben. Und da kommt mir dein Angebot gerade recht, Lilith. Also, lass hören, welche Ideen du hast.«

Na prima, so bin ich vollkommen aus meinem Konzept gebracht. *Aber nur ruhig, Lilith,* denke ich und fange endlich an.

»Vielen Dank für dein Vertrauen, Astrid. Ich weiß, wir kennen uns alle noch nicht so lange. Ich arbeite ja erst seit einigen Monaten hier. Und eigentlich hatte ich mir auch nur einen Job gesucht, um meiner tatsächlichen«, bei diesen Worten male ich Anführungsstriche in die Luft, »Arbeit als Psychotherapeutin und, um ganz ehrlich zu sein, auch meiner chaotischen Lebenssituation zu entfliehen.

Als ich aber zufällig das Gespräch zwischen Marta und Ben letzte Woche mitbekommen habe, ja, rein zufällig«, schiebe ich erbost nach, denn Ben runzelt erst seine Stirn und zieht anschließend eine Augenbraue hoch.

»Als ich also das Gespräch zwischen den beiden gehört habe und mir klar wurde, dass die Existenz des Hofs, der Menschen, der Tiere ...«, Fritz' Bellen unterbricht meinen Redefluss. Er muss mitbekommen haben, dass es hier auch um ihn geht. Astrid, Nele und ich müssen lachen. Ich fahre fort: »Um es kurz zu machen. Dafür, dass ich dachte, bei euch nur ein paar Monate für ein Job-Sabbatical zu verbringen, ist mir all das doch zu sehr ans Herz gewachsen, um der momentanen Situation tatenlos gegenüberzustehen. Also habe ich mich hingesetzt und einige Ideen zu Papier gebracht, die vielleicht helfen können, wieder Stabilität in das Unternehmen *Biohof Weiden* zu bringen.«

Ich öffne meine Tasche und ziehe drei Schnellhefter aus einem Fach. Einen gebe ich Astrid. »Ihr zwei müsstet zusammen reinschauen«, bitte ich Astrid und Nele. Den zweiten überreiche ich Ben, der ihn mit einem Nicken und regungslosem Gesicht entgegennimmt. Mir entfährt ein Seufzer. *Kann ein Mann so stur sein?*

Und als ob sie meine Gedanken erraten hat, sagt Nele: »Mach dir nichts draus, Onkel Ben muss so kritisch sein. Immerhin steht er normalerweise vor einem Rudel Studenten, er kann einfach nicht anders.« Astrid und Nele giggeln, während der Herr Professor und ich rot anlaufen.

Ich gehe wieder zurück und stelle mich so hin, dass ich alle drei im Blick habe. Dann öffne ich das Heft. Ein bisschen stolz bin ich auf mich, denn ich finde, dass mir der Businessplan wirklich gelungen ist. Und selbst, wenn er heute und hier nicht überzeugen wird, sieht alles sehr professionell aus, bunte Graphiken, Statistiken und ein gut strukturierter Text füllen die Seiten.

Aber natürlich kommt es vor allem auf den Inhalt an, und den beginne ich jetzt zu erläutern.

\*\*\*

Zwei Stunden lang erkläre ich, wie ich auf diese und jene Idee gekommen bin. Ich beantworte Fragen, die mal von Ben, dann von Astrid und selbst von Nele gestellt werden. Schweiß bildet sich trotz der eher kühlen Temperatur im Raum auf meiner Stirn. Aber ich muss zugeben, je mehr Fragen ich beantworten kann, desto sicherer und noch überzeugter werde ich von meinem Vorhaben. Bei den offenen Fragen mache ich mir einen Vermerk im Text, um diese später nachzuarbeiten.

Als der Plan und alle Fragen durchgearbeitet sind, schließe ich den Hefter und sehe Astrid erwartungsvoll an. Ich habe so ein gutes Gefühl. Ich weiß nicht, ob wirklich alles passt und richtig und umsetzbar ist, was ich mir in den wenigen Tagen ausgedacht habe, aber ich denke doch, dass es einen Versuch wert ist.

Da keiner etwas sagt, schleicht sich doch ein Funke Unsicherheit in meine Gedanken.

»Natürlich benötige ich noch die tatsächlichen Zahlen vom Hof. Ich konnte nur geschätzte Daten nehmen. Mit den richtigen Zahlen muss ich dann alles noch einmal durchrechnen. Und dann heißt es: die Banken überzeugen. Aber ich habe bereits mit meinem Berater gesprochen, und der meinte, dass es sich soweit nicht ganz abwegig anhört. Was bei ihm so viel bedeutet wie, er sieht so gut wie keine Probleme.«

Erneut sehe ich meine Zuhörer an. Ich wage kaum zu atmen. Astrid schaut müde, aber auch neugierig aus. Neles Gesicht, das sich zwischendurch fragend zusammengezogen hatte, grinst mich nun wieder strahlend an. Und selbst Ben, der selbstverständlich die kritischsten Fragen gestellt hat, wirkt beinahe entspannt.

Und zu meiner Verwunderung ist es Ben, der erst seine Tante ansieht und anschließend seine Worte an mich richtet.

Den Blick zwischen den beiden weiß ich nicht zu deuten. Meine Handflächen sind feuchtkalt. Meine Souveränität von vorhin ist wie weggeblasen. Ich erwarte nun das Prüfungsergebnis.

»Danke, Lilith, für deine Erläuterungen.« Seine Stimme klingt gar nicht mehr so abweisend, beinahe wohlwollend. Aber abwarten. Das dicke Ende kommt bekanntlich zum Schluss.

Er steht auf und beginnt, im Zimmer auf und ab zu laufen, drei Schritte hin, drei Schritte zurück. Wahrscheinlich ist er das von seinen Vorlesungen so gewohnt. Eine Hand steckt in der Hosentasche, die andere parkt in seiner Hüfte. Er sieht so herrlich zerstreut aus, aber das täuscht; er hat uns alle drei scharf im Blick, besonders mich.

»Ich muss zugeben, dass ich anfangs eher skeptisch war, was dein Angebot anbelangt. Immerhin arbeitest du erst seit sehr kurzer Zeit auf dem Hof und bist als Psychotherapeutin nicht unbedingt mit dem kaufmännischen Bereich eines Bauernhofs vertraut.«

*Und fandest mich albern und unzuverlässig, weil ich dich nicht nach dem Speed-Dating angerufen hatte,* ergänze ich im Stillen.

»Aber«, fährt er fort und sieht mich dabei aufmerksam an. *Hat er etwa gerade meine Gedanken gelesen? Nein, Blödsinn.*

»Aber«, wiederholt er, »und ich denke, ich spreche hier für Tante Astrid und mich.« Er sieht Astrid fragend an. Die lächelt und nickt.

»Und mich«, kräht Nele vorwitzig dazwischen.

Der Herr Professor seufzt. »Und ich spreche hier für Tante Astrid, NELE und mich: Du hast uns mit deinen Ideen überzeugt. Natürlich müssen wir die Auswertungen noch, wie du bereits sagtest, aufgrund der korrekten Zahlen vom Hof erneut berechnen. Anschließend werden auch wir alles unserer Bank vorstellen, und dann werden wir sehen.«

Alle holen wir Luft bei dem Gedanken, was da noch alles auf uns zukommt.

»Aber ...«, Ben ist jetzt mitten im Raum stehen geblieben, und seine bernsteinfarbenen Augen ruhen auf mir, »wir nehmen dein Angebot sehr gerne an!«

Nele springt auf, rennt auf mich zu und nimmt mich in die Arme.

»Toll, toller, am tollsten«, ruft sie und gibt mir einen schmatzigen Kuss auf die Wange.

»Komm her, mein Kind«, bittet Astrid und umarmt mich innig, als ich mich zu ihr hinunterbeuge.

»Jetzt müsst ihr euch auch noch umarmen«, sagt Nele und zeigt auf Ben und mich. »Das macht man so in der Vertragswelt.« In ihren Augen sehe ich ganz klar den Schalk. Gerade will ich widersprechen, da umschließen mich zwei starke Arme, und meine Nase wird an einen trockenen, warmen Hals gedrückt. Ich atme Bens Geruch ein. Ein wenig Seife, ein wenig Sandelholz, ein wenig Ben. Gleich kann ich hier für nichts mehr garantieren!

»Großartig, mien Deern.« Die Wohnzimmertür wird aufgestoßen, Willi kommt herein und rettet den Moment. Ben und ich lösen unsere Umarmung und lächeln uns verlegen an.

Willi balanciert ein Tablett in seinen Händen, mit einer Flasche klarer Flüssigkeit darin und vier kleinen Gläsern darauf. Fritz hüpft zwischen seinen Beinen aufgeregt umher, und Willi ist froh, als er das Tablett heil auf dem Sofatisch abstellen kann.

Er muss an der Tür gelauscht haben. Da bin ich sicher. Er nimmt mich so kräftig in seine Arme, dass mir kurz der Atem stockt.

»Das hast du gut gemacht, mien Deern«, raunt er mir ins Ohr, dann lauter und für alle: »Darauf stoßen wir an!«

Wir prosten uns zu und trinken die Gläser in einem Schluck leer.

»Pfui, ist das scharf!« Nele schüttelt sich.

»Blödsinn, Medizin ist das, Medizin!«, hält Willi dagegen.


Ein warmes Gefühl durchfließt meinen Körper. Ich spüre, wie sich heilender Honig in mir ausbreitet. Und er riecht ein wenig nach Seife, ein wenig nach Sandelholz und ein ganz klein wenig nach Ben.

# Kapitel 17 – Epilog, da war doch noch was!

Ein halbes Jahr ist ins Land gegangen. Wir haben Mitte April, und es ist ein perfekter Frühlingstag.

Ich stehe auf dem Hof und sehe mich um. Ein orange-lilafarbener Krokusteppich hat sich über das Rasenstück gelegt. Die Bäume rund um die Hofmauern recken sich mit ihren weißen und rosafarbenen Blüten in einen wolkenlosen, strahlendblauen Himmel.

Vogelgezwitscher mischt sich unter die ausgelassene Stimmung, die um mich herum herrscht. So viele Menschen haben sich heute eingefunden, um die Neueröffnung des *Biohof Weiden* mit uns zu feiern.

Auch wenn man es auf den ersten Blick nicht sieht, es hat sich so vieles verändert – und hat eine Menge Kraft, Nerven und natürlich Geld gekostet.

Das mit dem Geld war jedem klar. Besonders den Banken, denen Ben und ich beinahe vierzehntägig bestätigen mussten, dass sich alle Maßnahmen noch im finanziellen Rahmen bewegen, was sie auch taten. Wirklich.

Womit Ben recht behalten sollte, und was ich anfänglich nicht wahrhaben wollte, waren die viele Arbeit, die Unmengen an Staub und Dreck und die Niedergeschlagenheit, wenn etwas nicht gleich so funktionierte, wie es gedacht war. Immer wieder mussten Astrid, Ben und ich uns gegenseitig Mut zusprechen.

Mit den Bauarbeiten ging es Anfang Oktober los. Sobald die Banken ihre Zustimmung gegeben hatten, engagierten wir einen Architekten, der uns half, unsere Ideen umzusetzen. Er zeichnete Pläne und kümmerte sich um die Handwerker. Zum Glück hatten wir keinen allzu strengen Winter, und die Arbeiten konnten die ganze Zeit über laufen.

Die Handwerker gaben ihr Bestes, waren sogar meistens pünktlich. Das lag vor allem an Marta, die für das leibliche Wohl sorgte. Morgens bereitete sie belegte Brötchen zu, mittags gab es eine Suppe, und nach dem Kaffeetrinken und Kuchenessen am Nachmittag fragten einige bereits, was es denn am nächsten Tag zu essen geben würde.

Astrid ging es mit jeder Woche besser. Am Anfang war sie noch meist auf dem Hof, um zu sehen, wie er sich langsam veränderte. Später dann fuhr sie mit den anderen auf den Markt. Sie war mindestens ein halbes Jahr nicht dort gewesen, und ihre langjährigen Kunden freuten sich sehr, sie wiederzusehen. Auch wenn einige bedauerten, dass das Sortiment sich verkleinert hatte.

***

Und jetzt komme ich zu meinen Ideen, meinem Businessplan.

Wie ich in den wenigen Wochen, die ich auf dem Markt arbeitete, hatte sehen können, wurde zu viel Ware nicht verkauft. Jedenfalls nicht für den vollen Preis. Meist ging sie tags darauf zum halben Preis über die Markttheke.

Also war der erste Schritt, das Angebot zu verkleinern. Dies hatte zur Folge, dass weniger Lagerfläche für Obst und Gemüse benötigt wurde. Somit gab es mehr Platz im Stall, und das Nebengebäude war nun ganz leer.

Der Stall, dessen Tore heute weit aufstehen, wurde zweigeteilt. Jetzt gibt es hier eine verkleinerte und verschlossene Lagerfläche auf der einen Seite. Gegenüber steht Marta hinter einer Theke aus Glas und verkauft leckerste Kuchen und frischen Kaffee an Gäste und Besucher.

Hinter ihr stapeln sich Holzkisten an der Wand, in denen wir selbstgebackene Brote, Obst und Gemüse anbieten; ein kleiner Hofladen, den Jan gerade bedient. Auf seinem Verkaufstisch stehen einige Flaschen mit einer klaren Flüssigkeit darin. *Willi´s Selbstgebrannter* steht darauf. Willis Beitrag am Eröffnungstag.

Immer wieder wirft Jan Marta verliebte Blicke zu, die diese aus ihren schönen, dunklen Augen erwidert.

Vor dem Stall stehen Tische und Stühle, die voller neugieriger Besucher sind. Nele wirbelt zwischen ihnen herum und nimmt gut gelaunt die Bestellungen entgegen. Die Frühlingssonne legt ihren milden Schein über den Trubel.

Eigentlich sollte Willi Nele unterstützen. Der aber sitzt inmitten einer ausgelassenen Frauenschar. 60 Plus, würde ich sagen. Er hält eine Flasche seines Selbstgebrannten in der Hand und verteilt ihn ausgiebig.

Vor dem Nebengebäude stehen zwei Pärchen, beide mit Koffern und Taschen bepackt. Astrid heißt sie gerade willkommen.

Das Nebengebäude wurde nämlich zu einem Gästehaus umgebaut. Vier hübsche, skandinavisch anmutende Zimmer sind es geworden, die wir ab heute vermieten. Und der Andrang ist riesig.

Auch im und am Haupthaus gab es einige kleinere und größere Schönheitsreparaturen. Was gar zu alt und marode war, kam weg, anderes wurde restauriert.

Neben Astrid steht Carlos. Er hat einen seiner kräftigen Arme um ihre Schultern gelegt. Mit der freien Hand untermalt er wild gestikulierend seinen Beitrag zu der Unterhaltung. Ja, auch Carlos war eine große Hilfe bei den Umbaumaßnahmen. Denn es waren viele seiner Brüder, Cousins und Neffen, die uns bei den Bauarbeiten unterstützt haben.

»Es muss ja alles in der Familie bleiben«, wie er immer betont hat. Und dass Astrid nun zu seiner Familie gehört, kann keiner übersehen.

Wie zwei Teenager stehen sie da, und Astrids Wangen sind leicht gerötet. Es geht ihr so viel besser.

Meine Eltern sitzen an einem Tisch mit Esra und unterhalten sich angeregt. Lukas und Martin sind hinter dem Gebäude. Wenn man den Stall durchquert, kommt man auf eine große Wiese, auf der das Gewächshaus steht. Auf ihr wachsen zu dieser Zeit nicht nur erste, wilde Blumen. Hier kann jetzt außerdem auch noch geschaukelt, gerutscht und gewippt werden.

Und die Ponys natürlich, die dürfen nicht fehlen. Heiß umringt von einer Kinderschar grasen sie seelenruhig vor sich hin und lassen alle Klapse, Streicheleinheiten und aufgeregten Rufe über sich ergehen.

Esra erhebt sich schwerfällig von ihrem Stuhl und watschelt auf mich zu. Mit einer Hand streichelt sie meine Wange. Die andere liegt liebevoll auf ihrem Bauch. In drei Monaten wird Lukas ein Geschwisterchen bekommen – ein Mädchen. Lisa wird sie heißen. Mutterwerden steht meiner Freundin wunderbar. Ihr Gesicht ist viel weicher, und ihre Augen strahlen mich an.

»Das hast du wirklich großartig hinbekommen!«, sagt sie, und unser beider Blick wandert über das Geschehen.

*Ja*, denke ich ein wenig stolz, *das habe ich!*

Ich habe nämlich nicht nur den Plan ausgearbeitet, der beinahe zu 100% umgesetzt werden konnte. Ich habe auch noch Geld investiert, einen Großteil meiner Fonds. Mein Bankberater war richtiggehend glücklich, als ich ihm sagte, wofür ich mein Geld verwenden wolle.

»Immobilien, Frau Dom, sehr gut. Für mich die bestmögliche Geldanlage!« So viele Emotionen hätte ich ihm gar nicht zugetraut.

Für meine Investition bin ich jetzt am Hof und seinen Gewinnen beteiligt. Ich kreuze die Finger, dass alles so klappt, wie ich es berechnet habe.

Nun aber genug mit den schweren Gedanken.

Gerade kommen Cleo, Florian und Andrea auf uns zu. Florian und Cleo schleppen eine riesige Hortensie an und stellen sie mit einem erleichterten Stöhnen vor Esra und mir ab.

Mit »Herzlichen Glückwunsch, Lilith!«, »Alle Achtung!« und »Wirklich schön!« umarmen wir uns.

»Und danke, du hast unsere Jobs gerettet«, sagt Cleo.

»Unsinn!«, winke ich ab. »Ohne euch hätten wir das doch alles nicht geschafft. Wer hat denn den Marktbetrieb während der ganzen Zeit gemeistert?«

»Auch wieder wahr«, kontert Andrea trocken.

»Kommt«, sagt Florian, »wir wollen Nele und den beiden Turteltauben helfen«, und zieht Cleo und Andrea in Richtung Café.

Gleichzeitig kommt Ben auf uns zu. »Weiß er es schon?«, fragt meine Freundin und wirft einen verschwörerischen Blick auf meinen leicht gewölbten Bauch. Ich lächle sie an und nicke.

Was soll ich sagen? Während der letzten Monate sind Ben und ich uns, nun ja, wir sind uns näher
gekommen. Sehr nah, um genau zu sein. Die ge-
meinsame Aufsicht über die Bauarbeiten, das Tüf-
teln bis in die Nacht an Planänderungen, die Sorge, ob das Geld ausreicht, all das, und natürlich die
wachsende Sympathie, haben uns zusammenge-
schweißt. Und seit vier Monaten sind wir offiziell
ein Paar und ich im dritten Monat schwanger.

Vor zwei Tagen habe ich es ihm gesagt. Ein wenig ängstlich war ich, was er sagen wird. So ganz
junge Eltern werden wir ja beide nicht mehr sein.
Und dann die Zukunftsängste. Aber er hat einfach
nur gestrahlt vor Glück und mich in seine Arme
genommen. Hm, Seife, Sandelholz und ganz viel
Ben.

Esra zwinkert mir zu und schlendert in Richtung Stall. Sie möchte zu ihren zwei Jungs.

Da ich die meiste Zeit des vergangenen halben
Jahres sowieso auf dem Hof verbracht habe – ja,
auch die Nächte – war es sinnvoll, meine
Wohnung unterzuvermieten. Zukünftig möchte
ich daraus eine Gemeinschaftspraxis machen, in
der ich zwei Tage als Psychotherapeutin arbeiten
werde. Ein wenig fehlen sie mir nämlich doch,
meine Klienten. Wenn auch nicht alle.

Ben umarmt mich, sieht mir liebevoll in die Augen und drückt anschließend seine Lippen sanft auf meine.

Ja, ich weiß, all das klingt wirklich nach ein wenig zu viel Kitsch und zu viel heile Welt.

Aber das ist es nun einmal gerade in diesem Moment: Es ist ein *Rosamunde-Pilcher-Augenblick!* So nenne ich sie, diese Augenblicke, in denen einfach alles zuckerwattig, vanilleeiscremig und schokoladensüß ist. Noch vor ein paar Monaten habe ich immer die Augen verdreht und verächtlich gelächelt, wenn mir jemand (meist eine Frau) von derartigen Wünschen und Vorstellungen erzählt hat.

Aber ist es wirklich so verwerflich, sich einen *Rosamunde-Pilcher-Augenblick* zu wünschen und ihn dann auch noch zu erleben? Wäre das Leben nicht so viel schöner, leichter, lebens- und liebenswerter, wenn wir mehr solcher Momente erlebten?

Ohne Zweifel, oder? Und ich wünsche Euch allen viele dieser wundervollen Augenblicke, von ganzem Herzen!

Eure Lilith!

Und zum Schluss ...

liebsten Dank an meinen Mann, der mir viele solcher R-P-A schenkt.

FSC
www.fsc.org
MIX
Papier | Fördert
gute Waldnutzung
FSC® C083411

Zeitfracht Medien GmbH
Ferdinand-Jühlke-Straße 7
99095 Erfurt, Deutschland
produktsicherheit@kolibri360.de